로크미디어가
유혹하는
재미있는 세상

ROK
MEDIA
로크미디어

바인더북

바인더북 15

2015년 2월 13일 초판 1쇄 인쇄
2015년 2월 23일 초판 1쇄 발행

지은이 산초
발행인 이종주

기획 팀 이주현 이기헌
책임 편집 이정규

발행처 (주)로크미디어
출판등록 2003년 3월 24일
주소 서울시 용산구 원효로97길 46 5층
Tel (02)3273-5135 Fax (02)3273-5134
홈페이지 rokmedia.com E-mail rokmedia@empas.com

값 8,000원

ISBN 979-11-255-8674-6 (15권)
ISBN 978-89-257-3232-9 04810 (세트)

BInDER BOOK

바인더북

15

| 산초 퓨전 장편소설 |

c o n t e n t s

BINDER
BOOK

야무진 혜인이

2000년 8월 16일 수요일, 담용의 집.

청국장 냄새가 진동을 하는 집 안에서는 군대 간 담수를 제외한 4남매가 아침 식사를 하고 있는 중이었다.

후릅.

수저로 펄펄 끓는 청국장을 한입 맛보던 담용의 표정에 놀란 기색이 역력했다.

"오오! 혜인이 청국장 솜씨가 갈수록 좋아지는 것 같구나."

"호호홋, 그쵸? 그쵸?"

"그래, 정말 맛있다."

"헤헤헷, 진짜죠?"

"그럼. 맛있는 걸 맛있다고 하지 거짓말을 왜 하겠어? 어느 집에서 샀는지는 모르지만 솜씨가 좋구나."

"우히히힛! 이거요, 제가 직접 만들어 본 거거든요."

"뭐? 네가 직접 만들었다고?"

"그럼요. 큰오빠가 청국장을 좋아해서 꼭 만들어 보고 싶었거든요. 그래서 수십 번의 실패 끝에 이번엔 제대로 만들어진 것 같아 끓여 봤지요."

"호오! 나를 위해서 말이냐?"

"네, 히히힛."

"이거…… 감격스러워서 눈물이 다 나려고 하네."

"에이, 큰오빠도 참. 고작 이런 걸 갖고……."

"아니다. 정말 맛있다. 이 맛을 꼭 기억해 놓고 가끔 해 줬으면 좋겠구나. 청국장이 몸에 여간 좋은 게 아니라서 말이다."

"알아요. 청국장이 노화를 방지하는 것은 물론 당뇨병 예방에도 좋고 성인병, 변비, 빈혈 예방에 특효죠. 그리고 다이어트 식품 중 이만한 음식도 없을걸요. 그뿐만 아니라 항암 효과도 있다잖아요."

"오호! 제대로 연구를 했구나?"

"히히힛, 그런데 청국장이 다 갖췄는데 아쉽게도 딱 한 가지 부족한 것이 있어요."

"엉? 그게 뭐지?"

"육류성 단백질요."

"아아, 그거야 이렇게……."

담용이 청국장에 든 돼지고기를 한 점 집어서는 들어 올렸다.

"이걸 그 때문에 넣는 걸로 알고 있는데. 아니냐?"

"호호홋, 역시 큰오빠!"

스윽.

활짝 웃은 혜인이 엄지손가락을 내보이며 담용을 치켜세웠다.

"크흐흠, 그게 뭐 대단한 거라고…… 청국장을 좋아하는 사람이라면 다 아는 얘긴데……."

"근데 말이죠, 자주 해 드리려고 해도 한여름이라 볏짚을 구하기가 쉽지 않아서 좀 기다려야 할 거예요."

"어? 작은누나, 청국장에 볏짚이 왜 필요해?"

"응. 그냥 띄워도 되긴 하지만 청국장을 발효시키는 균이 볏짚에 많이 묻어 있어서 그래."

"에이, 지저분하게……."

탁!

담민이 청국장을 뜨다가 수저를 놓았다.

"야! 이 누나를 뭘로 보고 그런 소릴 해?"

"논바닥에서 눈비 맞고 또 쥐들이 파고들어 가 집을 지어 대는데 안 지저분하다는 거야?"

"애는! 그렇다고 해도 내가 볏짚을 얼마나 깨끗이 씻어서 만든 건데 더럽다고 그래? 그리고 이 누나가 명색이 조리산데 위생 관념 정도는 기본으로 생각하지 않겠어?"

"헤헤헷, 그렇다면야……."

혜인의 당당한 말에 안심이 된 담민이 히죽 웃어 보이고는 수저를 다시 청국장으로 가져가며 물었다.

"근데 볏짚을 구하기 힘들다고?"

"응. 추수가 끝나야 구할 수 있을 것 같아."

"그거 내가 구할 수 있는데……."

"뭐? 네가?"

"응."

"어, 어디서?"

"어디긴, 경호네 집이지."

"경호?"

"응. 작은누나도 알잖아? 거 왜…… 아토피가 심한 애 말이야."

"아아, 걔? 알지. 근데 걔네 집이 농사를 짓는다고?"

"응. 많이는 아니고."

"논이 어디 있는데?"

"하우고개 넘으면 바로 보여."

"아! 알겠다. 그 논이 경호네 거였구나?"

"응. 내가 좀 구해 줄 수 있을 거야."

"얘, 너무 썩은 건 곤란해."

"무슨 소릴? 뜰에 차곡차곡 쌓아 놓은 볏단 더미 속에 있는 건 하나도 안 썩었어."

"에? 네가 그걸 어떻게 알아?"

"히히힛, 애들하고 볏단 더미를 파내고 들락날락하면서 논 게 한두 번이 아니었거든, 히히힛."

"그래? 그럼 가지고 와 봐."

"알았어. 오늘 가지고 올게."

"담민아, 오늘은 학교 안 가냐?"

"에이, 큰형님도 참……. 합숙 훈련 갔다 온 지 얼마나 됐다고 또 훈련이에요?"

"인석아, 운동이란 꾸준히 해 주지 않고 쉬게 되면 그다음에 배로 힘들다는 걸 몰라서 그래?"

"그거야 알지만 코치님이 합숙 기간 동안 훈련이 빡 셌으니 근육을 충분히 쉬게 해 주라고 하던걸요."

"그래?"

"그럼요. 특히 저 같은 경우는 근육이 폐활량을 따라가지 못해 절대 무리하면 안 된다고 하셨거든요."

"엉? 그게 무슨 말이냐?"

처음 듣는 이야기라 담용이 의아한 기색을 띠었다.

"에이 참, 전번에 제 폐활량 수치가 얼만지 들었죠?"

"그래. 그게…… 얼마였더라? 6,000……."

"6,300cc요."

"맞다, 6,300cc. 근데 이걸 근육이 못 따라간다니, 뭔 소리야?"

"음…… 전문용어로 하면 어려울 테니 간단하게 말할게요. 지금 제 폐활량 수치가 6,500cc로 조금 늘었거든요."

"그야 그동안 체계적인 훈련을 해 왔으니 느는 것이야 당연할 테지."

"쉽게 예를 들어 볼게요. 제 폐활량이 100이라면 이에 비해 제 근육이 90 정도라는 거예요. 그러니까 이 말은, 근육이 폐활량을 따라가지 못해 숨이 차기도 전에 과부하 상태가 되어 까닥하다간 부상을 입기 쉽다는 거예요. 호흡이 가쁘지 않으면 근육량을 생각지 않고 계속 달리게 된다고 해요. 그래서 근육의 양을 늘릴 때까지 무리를 하지 말래요. 무리하면 부상이 반드시 동반된다고 했어요."

"흠, 뭔 말인지는 알겠다만…… 내 생각엔 마냥 쉰다고 해서 좋아질 것 같지는 않구나."

"헤헤헷, 그래서 쉬는 동안 계획표대로 하라며 프로그램을 짜 줬어요. 하루도 빠짐없이 그대로 실행하고 있기도 하구요. 그러니 너무 걱정하지 마세요."

"그렇다면 다행이고."

담용의 시선이 담민에게서 혜인이에게로 옮겨 갔다.

"혜인이는 요즘 담민이 식단을 어떻게 짜고 있냐?"

"아, 그것 때문에 식초를 많이 써요."

"식초?"

"네. 방금 들었다시피 담민이 폐활량에 비해 근육량이 모자라서 고생하니까 젖산을 빨리 분해시켜 주는 발효 식초를 첨가한 요리를 많이 먹게 해요."

"호오! 그으래?"

담용은 혜인이 그렇게까지 신경 쓰는 것이 대견했던지 저도 모르게 탄성을 질렀다.

"네, 헤헤헷."

"발효 식초라…… 어, 어떤 건데?"

"한번 보실래요?"

"그래, 보여 다오."

"잠시만요."

발딱 일어선 혜인이 냉장고 문을 열고는 큼지막한 플라스틱 통을 꺼냈다.

턱!

통을 식탁에 놓더니 뚜껑을 열었다.

순간 진한 식초 냄새가 코를 자극시켜 오는 것에 담용이 고개를 돌렸다.

하지만 내용물은 이미 본 뒤였다.

"얼라? 오이 냉채잖아?"

그것도 한 통 가득이다.

오이 냉채는 한여름에 입맛이 없을 때 주로 먹는 별미로 식초가 반드시 들어가야 하는 국 대용의 음식이다.

"호호홋, 맞아요. 이뿐이 아니죠. 방학 기간 동안만큼은 아침 식사 때를 제외하고 담민이 반찬은 전부 식초로 양념한 걸 먹게 하고 있어요."

"와아! 우리 혜인이 대단하네."

"헤헤헷."

"담민아."

"예, 큰형님."

"작은누나의 성의를 생각해서라도 네가 열심히 해야겠구나."

"히힛, 저도 알고 있어요."

"그래. 아무튼 담민이 네가 잘하는 것이 육상밖에 없으니 네 인생을 스스로 책임지기 위해서라도 최선을 다해야 한다. 알았지?"

한마디로 농땡이 부리지 말라는 소리다.

"그럼요. 그 점은 잘 알고 있어요."

"그래, 근데 학교를 안 간다면 운동하는 것 말고 요즘 뭐 하고 지내냐?"

"히히힛, 그동안 만나지 못했던 친구들과 재미있게 놀고 있어요."

"엇나간 애들하고 만나는 건 삼가도록 해라."

담민이만 보면 지난 삶에서의 일이 자꾸 생각나 신경이 쓰였다.

"예, 히히힛."

히죽 웃던 담민이 조용히 식사를 하고 있는 혜린의 눈치를 보더니 상체를 담용에게로 기울이며 속삭였다.

"큰형님, 저 용돈 좀……."

"엉? 용돈?"

"예."

뒤통수를 긁으며 겸연쩍어하는 담민을 본 담용이 조용히 식사를 하고 있는 혜린을 쳐다보았다.

용돈을 안 줬냐는 무언의 물음이다.

이를 눈치챈 혜린이 담민을 한번 째려보고는 말했다.

"오빠, 담민이 쟤요 며칠 돈을 많이 갖다 썼으니까 안 줘도 돼요."

"뭐? 얼마나?"

"한 달 용돈을 다 써 놓고 또 달라는 거라고요."

"엉? 이제 겨우 반이 지났는데 벌써 다 썼다고?"

오늘이 16일이니 이달이 다 지나려면 아직 한참이나 남아서 하는 소리다.

"있잖아요, 큰오빠!"

"힉! 자, 작은누나!"

혜인이가 담용을 부르자, 그녀의 표정에서 뭔가 낌새를 느겼는지 안색이 홱 변한 담민이 손을 마구 저어 댔다.

"얘기하기만 해 봐. 가, 가만 안 있을 거야!"

"베에에-!"

담민이 종주먹까지 내밀어 협박을 해 보지만 돌아온 것은 혜인이의 약 올리는 혓바닥이었다.

"이, 씌…….."

벌떡!

재빨리 일어난 담민이 혜인이를 쏘아보고는 후다닥 2층으로 달아났다.

"어? 저, 저 녀석…… 왜 저래?"

"호호훗!"

"방금 담민이 얼굴 빨개진 것 봤지?"

"호호훗! 맞아요. 빨간 사과처럼 새빨개졌어요."

"오라, 혜인이 네가 뭘 좀 알고 있는 게로구나?"

"네. 그래도 명색이 매니전데 선수의 일거수일투족을 알고 있어야죠."

"하하핫, 그건 맞는 말이다만…… 얼굴이 빨개진 이유가 있을 것 아니냐?"

"쿠쿠쿡, 담민이 쟤…… 여자 친구 생겼어요."

"뭐, 뭐라? 여, 여자 친구?"

"어머머! 저, 정말?"

혜인이의 입에서 담민이에게 여자 친구가 생겼다는 말이

튀어나오자 담용과 혜린이 화들짝 놀라서는 서로를 쳐다보았다.

마치 이게 무슨 말도 안 되는 소리냐 하는 표정이다.

그만큼 담민이 어리기도 했고, 또 너무나 와일드한 아이였기에 여자와는 거리가 멀다는 생각이었기 때문이다.

"얘, 혜인아! 그 말…… 정말이니?"

"언니는! 내가 왜 거짓말을 하겠어?"

"그, 그렇지. 어떤 애래?"

"그것까지는 나도 몰라. 열흘 전인가? 우연히 둘이 데이트하는 걸 목격한 게 다인걸."

"예쁘디?"

"호호홋, 아직은 예쁘다기보다 풋풋하지 뭐."

"어, 어때 보였어?"

잠시 당황한다 싶던 혜린이 급격히 관심을 비치기 시작했다.

"호호홋, 둘이서 좋아 죽더라, 호호홋."

"하긴 그땐 다 그렇지. 근데 너……."

"나?"

"응."

"내가…… 왜?"

"남자 친구 없냐고."

"에에에…… 왜 이래? 징그럽게."

"징그럽다니! 남자 친구가 있는 게 왜 징그러운 거야?"

"없어, 나 대학 가기에 바빠서 남자 친구 같은 거 사귈 시간이 없다구. 당연히 관심도 없고."

"지집애……."

"오호! 혜인이 대학 가기로 했냐?"

"네."

"어떻게? 실력은 되고?"

혜인이 실업계 고등학교라서 묻는 말이다.

이는 형편이 어려웠던 때에 고등학교를 진학한 데서 비롯되었다.

"사실 올해 초에 큰오빠가 대학을 갈 수 있으면 가라고 해서 취업반에서 진학반으로 옮겼어요."

"오! 그거 자, 잘했다."

"애! 그럼 말을 했어야지. 왜 안 했어?"

"언니도 참. 진도를 따라갈 수 있을지 몰라서 말을 안 했을 뿐이야."

"못 따라가면 어쩌려고 덜컥 옮기고 그래?"

"헤헤헤."

"됐다. 지금 와서 그걸 따져서 뭐해? 그래, 따라갈 수 있던?"

"네. 얼추 따라잡았어요."

"흠, 따라가기가 힘들었을 텐데……."

"히히힛, 큰오빠가 준 용돈으로 학원에 등록했거든요."

"학원을 다녔다고?"

"네, 국영수만요."

"녀석, 그러고도 내색 한번 하지 않다니……."

기특했다.

그러면서도 제 할 일은 다 하는 아이가 바로 혜인이다.

"원서 접수할 때가 되지 않았냐?"

"이달 말까지 접수하면 돼요."

"오빠, 원서는 학교에서 단체로 접수하는 거니까 신경 안 써도 돼요."

"아 참, 그렇지."

일찌감치 대학 진학을 포기했었던 터라 수능 원서를 써 본 적이 없는 담용이어서 노파심에서 한 말이었지만 혜린의 말에 표정이 조금 머쓱해졌다.

혜린이도 아차 싶었던지 곧바로 말을 이었다.

"저는요, 지금이라도 오빠가 대학을 갔으면 해요."

"엉? 내, 내가 대학을?"

"네. 이제 생활고도 벗어났으니 생각을 해 봤으면 해요. 오빠 공부도 곧잘 했잖아요?"

"하하핫, 난 지금의 내 생활에 만족하고 있으니 대학에 진학할 생각이 없구나."

"생각이 없어도 갔으면 해요."

뭔가 오래전부터 가지고 있었던 생각이었던 것처럼 곧장 말을 받는 혜린이다.

'이 녀석이……?'

자신의 눈을 똑바로 쳐다보고 말하는 혜린의 표정도 농담처럼 보이지가 않는 것에 담용의 눈꼬리가 살짝 올라갔다.

하지만 그럴 만한 이유가 있으리라 짐작이 되어 물었다.

"흠, 이유가 뭐냐?"

"언니 때문이죠."

"언니?"

"네. 정인 언니요."

"왜? 무슨 말이라도 들었느냐?"

"언니가 무슨 말을 할 리가 있겠어요?"

"그럼?"

"오빠가 정인 언니보다 학벌이 처지니까 하는 말이에요."

"헐!"

"전 그게 좀…… 싫어요."

"으음, 그러니까 네 말은, 단순히 이 오빠가 정인 씨보다 학벌이 낮은 것이 부끄럽다는 거냐?"

"부끄럽다는 건 아니에요."

"한데?"

"오빠가 비록 대학을 나오지는 않았지만 그들보다 더 많은 지식을 지니고 있다는 건 알아요. 바로 옆에서 노력하는 것을 봤으니까요. 하지만 학위가 없는 상태에서 알아주는 사람이 아무도 없잖아요?"

"난 그런 것에 연연하지 않는다. 연연할 필요도 이유도 없어."

"알아요."

"녀석, 부끄럽지 않다면서 왜 그래?"

"그냥…… 뭐든 비슷했으면 해요."

내내 담용의 얼굴을 직시하다가 고개를 숙이는 혜린은 '꿀리는 것이 싫다.'라는 말을 하고 싶었지만 속으로 삼켰다.

삼켜 버린 말은 또 있었다.

'오빠 동생들의 우상이라고요.'

뭐가 더 할 말이 있는지 입을 샐쭉거리는 혜린을 본 담용은 그녀의 심정이 조금은 이해가 되는지 한마디 했다.

"혜린이 네 얘기는 한번 생각해 보도록 하마."

"어? 저, 정말요?"

담용의 말이 뜻밖이었던지 눈을 동그랗게 뜨는 것도 모자라 대번 얼굴이 상기되는 혜린이다.

"그래. 하지만 조금 늦더라도 상관은 없겠지?"

"훗, 그럼요. 전 그런 마음을 먹었다는 자체가 더 중요하다고 봐요. 고마워요, 오빠."

"고맙기는. 그게 다 이 오빠를 생각해서 하는 말이란 걸 아는데. 그건 그렇고, 하던 얘기는 마저 해야지?"

담용의 시선이 다시 혜인이에게로 향했다.

"혜인아, 네가 그러도록 이 오빠가 신경을 써 주지 못해 미안하구나."

"에이, 큰오빠도 참. 이보다 더 어떻게 잘해 줘요? 전 만족하고 있으니 그런 생각은 하지 마세요."

"짜식……."

말 한마디도 참 기특하게도 한다.

그래서 더 애틋한 마음이 드는 담용이다.

일에 치여 살다 보니 동생들의 상황이 어떤지 까맣게 잊고 산 것만 같아서 미안했다.

이럴 줄 알았으면 용돈이라도 풍족하게 줄 걸 하는 아쉬움이 후회로 다가왔다.

육혜인.

방년 19세.

○○실업고등학교 3학년.

한식, 양식 조리사와 제과제빵 기능사 자격증 획득.

지금은 프랑스 요리에 도전하고 있는 중이다.

언니 혜린도 그렇지만 혜인이 역시 야무진 데다 머리가 명석한 아이였다.

비록 실업계라지만 전교 1~2등에서 노는 아이였다.

그리고 내 동생이라서가 아니라 얼굴도 예쁜 편인 데다 몸매 또한 어디 가서 빠지지 않을 만큼 날씬하다.

어느 면에서는 제 언니보다 나으면 나았지 못하지 않았다.

요리가 취미인 혜인이는 가족들이 원하면 불평 한마디 하지 않고 웬만한 요리는 다 해낸다.

그렇듯 성격도 좋아 싹싹한 데다 재주도 많은 여동생이었다.

특별히 신경을 써 주지 못했음에도 불만 하나 내비치지 않고 늘 웃는 얼굴로 가족들을 대하며 분위기를 이끄는 기특한 여동생이기도 하다.

'후우, 내가 너무 무심했나?'

무심했다기보다 늘 곁에 있는 여동생이었기에 으레 그러려니 하고 지나친 것일 게다.

하기야 지난 삶의 그 어려운 살림에도 유일하게 웃음을 잃지 않던 아이였으니 더 말하면 입 아프다.

아마도…… 혜인이가 곁에 없다면 네 명의 동생들 중 빈자리가 가장 도드라질 아이일 것이다.

담용은 그제야 혜인이의 자리가 얼마나 큰지를 새삼 느꼈다.

"시험이 언제냐?"

"11월 15일 수요일이에요."

"춥지 않았으면 좋겠구나."

"헤헤헷, 튼튼한데 좀 추우면 어때요?"

팔을 들어 올려 있지도 않은 알통을 내보이며 키득거리는 혜인이다.

"전요, 수능 당일에 너무너무 추워서 경쟁자들이 제 실력을 발휘하지 못했으면 하는 마음인걸요, 히히힛."

"녀석……."

혜인의 말마따나 그 흔한 감기 한번 걸린 걸 보지 못했으니 누가 봐도 건강 하나만은 타고난 듯했다.

"공부하는 데 부족한 건 없느냐?"

"없어요."

"가고 싶은 대학은 있고?"

"히힛, 한호전요."

생각할 것도 없다는 듯 대번에 튀어나오는 말인 걸 보면 단단히 마음먹은 학교인 듯했다.

하지만 담용으로서는 처음 들어 보는 학교라 조금 의아했다.

"엉? 하, 한호전? 그런 학교도 있냐?"

"호호홋, 한국호텔관광전문학교의 약자예요."

"아아, 줄여서 부르는 호칭이구나. 어쩐지…… 근데 어디에 있는 학교지?"

"안산요."

"안산이면…… 교통이 불편할 텐데."

집이 소재하고 있는 부천시와는 같은 경기도라 그리 먼 거리에 있는 곳은 아니다.

하지만 하필이면 가장 교통이 안 좋은 방향이어서 하는 말이다.

"송내역에서 안양으로 가는 버스를 타고 거기서 안산 버스로 갈아타면 돼요."

한 번에 가는 직행이 없음에도 둥글둥글한 성격처럼 모든게 긍정적인 혜인이다.

"어디 보자…… 네 생일이…… 9월인가?"

"네, 9월 7일이에요. 그건 왜 물어요?"

"잘됐구나."

"예? 뭐가요?"

"수능 끝나면 곧바로 운전면허를 취득하도록 해라."

"에? 우, 운전면허요? 지, 진짜요?"

"전번에 약속했지 싶은데? 대학 가면 차를 사 주겠다고 말이다."

"에이, 전 그때 큰오빠가 농담하는 건 줄 알았죠. 정말 사줄 거예요?"

"그래. 대신 새 차는 못 사 준다."

담용은 평소 혜인의 수고를 생각하면 이 정도는 해 줘도아깝지 않다고 여겼다.

장지만 사장에게 부탁하면 지난번 혜린이처럼 중고차라할지라도 꽤 괜찮은 성능의 차량으로 준비해 줄 것이다.

"우히히힛, 전 중고차라도 상관없어요. 우헤헤헷! 큰오빠,

감사해용!"

와락!

얼마나 신났으면 식사를 하다 말고 달려와 코맹맹이 소리와 함께 담용을 덥석 껴안는 혜인이다.

"오빠! 혜인이 쟤…… 운전면허를 딸 자격이 될까요?"

"나이 땜에 그러는 거냐?"

"네."

"만 18세 이상이면 가능한 걸로 안다."

"20세가 아니고요?"

"그건 1종 대형 이상의 차량에 해당하는 거야. 2종은 만 18세가 맞아."

"그런가?"

"맞을 거야. 하지만 불합격되면 물 건너가는 거다."

"네에-!"

"전문학교면 2년제 같은데…… 그러냐?"

"아! 한호전은 4년제와 2년제 둘 중 하나를 선택할 수 있어요. 학생이 원하는 대로요."

"오, 그래? 네 생각은 뭐냐?"

"4년제요."

"흠, 수능을 잘 봐야겠구나."

"저기…… 한호전은 수능과는 관계없어요. 적성이 젤로 중요하죠. 그리고 조리에 관한 자격증이 있으면 장학금을 받고 다닐 수 있는 걸로 알아요. 전 자격증이 3개나 되걸랑요. 물론 자세한 것은 더 알아봐야겠지만요."

"그래, 전문학사보다는 학사가 낫겠지. 네 말대로 더 알아본 뒤에 다시 얘기하도록 하자꾸나. 졸업 후의 진로 문제도 그렇고……."

"네에! 하지만 미리 말씀드리는데요, 전 졸업과 동시에 유학을 가고 싶어요."

"엉? 유, 유학?"

"네."

"어, 어디로?"

"현재로서는 프랑스예요."

"그, 그래?"

'후아, 이 자식!'

혜인이 이렇게까지 말을 할 때는 차근차근 준비해 오고 있다는 얘기였다.

보통내기가 아닌 아이니까.

"후후훗, 이유가 궁금하죠?"

"흠, 궁금하지 않을 리가 있나?"

"푸드 스타일리스트가 되고 싶어서 그래요."

"푸, 푸드 스타일리스트? 그건 또 뭐지?"

"아, 오빠, 나 늦겠어요. 다음에 얘기하면 안 돼요?"

"아, 그, 그래. 혜인아, 나도 출근 시간이 다 됐으니 담에

애기하도록 하자꾸나.”

“그래요, 큰오빠.”

“아, 그리고 이따가 돈을 좀 줄 테니까 담민이에게 전해 주렴.”

“히히힛, 저도 좀…….”

“녀석. 알았다. 그리고 혜린아.”

“네.”

“나흘 정도 집에 못 들어올 것 같다.”

“어머! 무슨 일이 있어요?”

“크, 큰오빠…….”

담용의 말에 대번에 안색이 흐려지는 혜린이와 혜인이다. 여태껏 이런 일이 단 한 번도 없었기에 놀란 것이다.

“녀석들도 참. 걱정할 일은 아니니 그런 얼굴은 하지 않아도 돼.”

“큰오빠, 그럼 좋은 일이에요?”

“응. 좋은 일이지.”

“오빠, 정말이죠?”

“그렇다니까.”

“후우, 난 또……. 그럼 됐어요.”

‘후후훗, 녀석들. 나중에 사실을 알게 되면 기절초풍하겠군.’

기실 입에서 내뱉지는 않았지만 오늘은 무척이나 바쁜 날로 들러야 할 곳이 많았다.

직장의 업무 때문이 아니다.

때마침 HJ빌딩 경매 건 이후 급하게 처리할 일도 없는 상황이었고 몇 가지 빅 딜에 대비해 준비하면 되는 기간이라 다소 여유는 있었다.

회사는 당연히 휴가를 신청해 허락을 받았고, 팀원들에게는 각기 할 일을 정해 준 상태다.

원인은 담용이 능력을 일부 드러난 데서 비롯된 것으로, 바로 국정원에서 조치해 놓은 프로그램대로 따라야 하는 2박 3일의 일정이 잡혀 있었던 것이다.

다름 아닌 일종의 연수 기간이라 할 수 있었다.

"언제 오는데요?"

"빠르면 일요일, 늦어도 월요일 오후쯤 될걸."

원래는 토요일이면 국정원에서의 연수가 끝나지만 일요일에 벌어질 사건으로 인해 월요일까지 시간을 허비할 수도 있어서다.

"알았어요. 중간중간 전화는 해 주세요."

"그럴게."

"저 먼저 출근할게요."

"그래. 잘 다녀와라."

BINDER
BOOK

운영지원 담당관

건설교통부 운영지원과.

톡. 토독. 톡. 토독…….

"거참……."

운영지원과장인 함영민은 왼손은 턱을 고이고 오른 손가락으로는 박자를 맞추듯 책상을 두드리며 곤혹스러운 표정을 짓고 있었다.

장단을 맞추는 손가락 밑에는 달랑 서류 한 장이 놓여 있는 상태다.

아마도 곤혹스러운 표정의 단초가 거기서 기인한 듯했다.

'아, 참…….'

함영민은 자신의 출근이 조금 늦은 것에 생각이 미쳤는지

코끝에 걸린 안경을 밀어 올리고는 목을 쭉 빼 재빨리 사무실을 둘러보았다.

'부지런하군.'

역시나 여느 때나 마찬가지로 직원들로 벅적거리는 활기찬 사무실이다.

하지만 일개 '과'인 만큼 직원의 숫자는 그리 많은 편은 아니었다.

기획조정실이나 건설정책국처럼 기획, 창조행정, 규제개혁법무, 건설경제과, 해외건설정책과, 해외건설지원과, 건설인력기재과 같은 예하 부서가 없기 때문이었다.

그렇듯 과장실이라고는 하지만 별도의 독립된 공간이 없는 터라 파티션, 즉 칸막이로 둘러쳐져 있는 형태다.

뭐, 청사 자체가 좁은 탓도 있었다.

그래도 차관의 지휘를 직접 받는 별도의 부서라 일개 '과'라고는 하지만 과장들 중에 가장 고참인 자신이 맡고 있는 것이다.

함영민은 누구와 눈이라도 마주칠세라 얼른 원래의 모습으로 돌아왔다.

"내가 늦은 건 아닌데……."

아침 일찍 있었던 조찬회로 인해 조금 늦게 출근하긴 했지만 서둘렀기에 출근 시간에 맞춰 자리에 앉았었다.

함영민의 시선이 벽에 걸린, 숫자만 표시되는 전자시계로 향했다.

08시 58분.

그런데 9시가 다 되어 가고 있는 시점임에도 와야 할 사람이 나타나지 않고 있었다.

"이 친구, 안 왔으면 그냥 와서 보고하면 되지……."

초조한 기색은 아니었지만 누구를 기다리는지 괜히 조바심이 나는 함영민이다.

"쯧! 가끔 이런 인사 발령이 있다는 것은 알았지만 하필이면 내 부서야……."

함영민이 곤혹스러운 표정을 지을 수밖에 없는 이유가 다름 아닌 인사 발령과 관계가 있는 것 같았다.

문득 어제, 그러니까 월요일 오후 나절에 차관실로 불려 갔던 일이 떠올랐다.

은근히 조바심이 생기는 이유도 여기서 기인하고 있었다.

─부르셨습니까?

─오, 함 과장! 자네 밑으로 직원 한 사람을 넣도록 해야겠네.

─예? 직원을 넣다니요?

─아아, 특채로 한 명 끼워 넣자는 것이니 그렇게 정색하지 말게나.

─하, 하지만…… 지금 자리가 꽉 차서 마땅한 자리가 없

는데요?

　–그건 나도 알고 있네. 다른 부서에도 자리가 없기는 마찬가지고. 하지만 상부에서 내려온 지시니 어쩌겠나?

　–상부라시면…… 장관님께서요?

　–허허, 내 위에 그분밖에 더 있나? 하지만 장관께서도 윗분의 요청이 있으셨다는 언질이었네.

　–아!

　–그자의 이력서는 이따 김 비서가 갖다 줄 걸세. 내용이 진짠지 가짠지는 모르겠지만…… 내가 보니 그런 엉터리 이력서도 없더구먼. 그래도 일단은 받아 두게.

　–예. 하면 직책은 뭘로……?

　–5급 사무관이라고 하니 대충 알아서 한자리 만들게나.

　–아! 고시 출신입니까?

　–아닐세. 고시와는 전혀 무관해.

　–그, 그런데 왜……?

　–자세한 것이야 나도 모르니 그쯤 해 두게. 하지만 그 누구에게도 뒤지지 않는 능력의 소유자라고 하니 그냥 그런가 보다 하는 거지. 그리고 그 친구는 우리가 부릴 사람이 아니라네. 뭔 말인지 알겠나?

　–아, 예에…….

　–뭐, 대충 짐작하겠지만 부하 직원이라도 서류로만 기록되어 있는 유령인 셈이지. 당연히 근무는 대부분 밖에서 하

게 될 것이고.

-예…….

-그래도 자네는 직속 상사이니 얼굴 정도는 알아 둬야겠지.

-저만 말입니까?

-왜? 또 알아야 할 사람이 있나?

-이세형 계장까지는 알도록 하면 어떨지요?

-그 정도는 괜찮겠지. 아니, 직원들 얼굴 정도는 익히게 해도 상관은 없겠지. 그 문제는 알아서 하게.

-알겠습니다. 고민을 해 보겠습니다.

-고민을 좀 빨리 끝내야 할 걸세.

-예?

-내일 출근한다는 연락이 와서 하는 말이네.

-내, 내일 말입니까?

-그러네.

-너무 갑작스럽군요.

-나 역시 같은 심정이네만 윗분 말씀이 애초 그럴 만한 부서의 요청이 있었다고 하니 어쩌겠나?

-아, 알겠습니다.

직속상관인 차관과는 그렇게 대화가 끝났다.

실장, 국장이 아닌 차관이 직속상관인 이유는 운영지원과가 일개 '과'일지라도 그가 직접 챙기는 부서이기 때문이다.

'흠, 특채라⋯⋯.'

그것도 5급이라는 높은 직책에다 별정직도 아닌 정식 직원으로 말이다.

고시 출신이 아니라면 벼락출세나 다름없다.

그 어떤 특별한 능력을 보유하고 있다고 해도 그것만은 변하지 않는다.

공채와는 질적으로 다른 낙하산 정실 인사여서다.

함영민 자신이 3급으로 부이사관급이다.

부이사관급이면 중앙 부처의 주요 과장 혹은 주요 세무서장, 소규모 기초자치단체장, 즉 군수 그리고 법조계 쪽으로는 고참 판사나 검사 또 경찰로는 경무관, 군대로 치면 별 하나인 준장이 이에 속한다.

이는 모두가 최하 한자리에서 아무런 탈이 없이 적어도 10년 이상을 근무해야만 쟁취할 수 있는 직급이라는 의미다.

그런데 고작 스물여덟 살 나이의 새파란 애송이가 아무런 공과도 없이 5급 사무관 자리를 꿰차고 앉다니 이해할 수가 없다.

30년 가까운 공직 생활에 처음 있는 일이라 요령부득일 수밖에 없다.

뭐, 갓 성년이 된 스무 살짜리 고시 출신의 5급 사무관이 없었던 건 아니지만 이건 경우가 달랐다.

신상명세서라고 달랑 한 장 있는 것이 지극히 간단한 정보 외에는 아무것도 적혀 있지 않았다.

차관의 말마따나 엉터리도 이런 엉터리 이력서가 없었다. 그 내용이란 것이 이랬다.

성명 : 육담용

나이 : 28(만 27)세

성별 : 남

주민등록번호 : ○○○○○○○-○○○○○○○

주소 : 경기도 부천시 심곡동 ○○○-○○번지

이게 내용의 전부였다.

정말 보는 순간 하품이 나올 정도로 너무나 간단한 신상 명세서 기록이었고, 이 외에는 전부 공란으로 처리되어 있었다.

어처구니없는 신상명세서에는 그 흔한 학력 사항이나 병역 관계조차도 기입이 되어 있지 않았다.

심지어는 달랑 끄적거려 놓은 내용마저도 고무도장으로 진하게 찍어 놓은 글귀에 의하면 대외비(對外秘)라는 점이 더 기가 막혔다.

대외비가 뭔가?

국가 기밀 사항까지는 아닐지라도 일반에 공개되어서는

안 되며 아울러 보안을 계속 유지할 필요가 있다는 뜻이다.

즉, 비밀로 분류된 정보인 만큼 외부 공개가 금지됨은 물론 정보공개법상 그 어디서도 공개 대상에서 제외되며 나아가 공개 금지 분류가 해제될 때까지 비밀에 준해 관리되는 것을 의미했다.

'젠장할. 골 한번 진하게 때리누만······.'

반발을 하고 싶어도 국장 진급을 코앞에 둔 상황이라 엄두도 내지 못한다.

그러나 한 가지 확실하게 유추할 수 있는 것은 있었다.

3급 공무원인 함영민 자신도 대외비에 속하는 인물이 아님을 고려하면 이는 필시 국정원 비밀 요원일 것이 빤하다는 것.

그것도 목숨을 걸어 놓고 움직이는 살벌한 첩보 요원.

아울러 자신처럼 키보드나 두드리는 샌님이 아닌 사납기 짝이 없는 맹수라는 것도 짐작이 간다.

이건 누가 말해 주지 않아도 짐작할 수 있는 범위에 속했다.

국정원이 비록 '부'에서 '원'으로 격하되기는 했지만 중앙정보부 시절부터 쭉 대통령 직속 기관임은 틀림없다.

즉, 대통령이 지시하는 일만 하고 보고하면 되는 대통령 직속 기관이므로 다른 정부 부처와 협의할 필요도 없고 국무회의 출석권도 없다.

이처럼 명목상으로나마 상관이 될 사람인 자신과 협의할 필요도, 아니 일언반구도 없이 지시만으로 결정할 수 있는 기관인 것이다.

고로 이래저래 견주어 봐도 오늘 오는 직원에게 친절하게 대해 줘서 나쁠 건 없을 것 같았다.

그렇게 생각하니 또 1급에 준하는 직책을 준들 어떠랴 싶은 생각도 드는 것은, 이들 같은 부류가 언제 무슨 일로 횡액을 당할지 알 수 없는 목숨이기 때문이다.

죽고 나서야 특급이든 1급이든 훈장이든 무슨 소용이 있을까?

'훗! 죽은 사람에게 수여하는 훈장만큼 값어치가 없는 것도 없지.'

아마 모르긴 해도 미리 유서를 써 놓고 다니는 비밀 요원일 것이 틀림없다.

3급 공무원이란 자리는 결코 만만치 않아서 그 자리의 무게만큼 보이는 것도 많아 자연스럽게 노회해진 함영민은 상대를 가려서 대하는 눈썰미 정도는 갖추고 있었다.

'……!'

그렇게 온갖 상상을 해 대며 소설을 써 내려 가던 함영민은 누군가 안으로 들어서는 기척에 퍼뜩 깨어났다.

"과장님, 일찍 오셨네요?"

천성인지 입가에 띤 미소가 너무도 자연스러워 보이는 이세형 계장이 밝은 표정으로 들어섰다.

직책이 계장이면 4급 서기관이다.

이세형도 마흔 중반이라 중앙 부처의 고참이라 할 수 있었고 일부 신참 과장 역시 이에 준한다.

조금 더 부언하자면 세무서장 혹은 관선 구청장 그리고 초임 판사나 검사, 경찰서장인 총경, 대령, 대규모 초·중고등학교 교장이 이에 속했다.

"아, 이 계장. 좀 늦었군."

"오늘 조찬회가 있다고 하셔서 늦게 오실 것 같아 육담용 씨랑 휴게실에서 잠시 시간을 보내고 있었지요."

"어? 그 친구 왔나?"

"그럼요. 어떻게…… 만나 보시겠습니까?"

"그럼. 당연히 봐야지. 빨리 데려오게."

그래도 명색이 직속상관인데 얼굴 정도는 익혀 놓는 것이 순리다.

이번 만남이 처음이자 마지막일지라도 그게 순서인 것이다.

"잠시만요. 육담용 씨, 들어와요."

'헐!'

이세형이 능청스럽게도 당사자를 출입구에 세워 놓고 물어본 것에 어이가 없었는지 함영민의 이맛살이 순간적으로 찌푸려졌다가 펴졌다.

바인더북

"안녕하십니까? 오늘부로 운영지원과로 발령받은 육담용입니다."

"아아, 어, 어서 와요."

목청은 그리 크지 않았지만 마치 군인처럼 절도 있게 인사를 해 오자 살짝 당황한 함영민이 얼른 자리에서 일어나 손을 내밀었다.

"만나서 반갑소."

"감사합니다."

손을 잡는 것만으로도 묵직한 느낌이 든 함영민은 그제야 상대의 체구가 참으로 당당하다는 것을 알았다.

'역시 부서가 부서이니만치……'

척 봐도 예상한 바와 같이 칼날 위에서 곡예를 주저하지 않을 필드 요원임을 짐작게 했다.

조금은 왜소한 함영민의 체구에 비해 현격한 차이가 나는, 그야말로 다른 세계에서 놀 법한 탄탄한 체격에 강인한 인상이었다.

그런 부류의 인물을 눈앞에서 처음 대하는 함영민이었지만 그렇다 해도 자신이 상사인지라 어깨에 들어간 힘을 빼지 않았다.

"여기 앉아요."

"옛!"

"이 계장, 자네도 앉게."

"예."

두 사람이 자리에 앉자 함영민이 자신의 명함을 건네며 말했다.

"운영지원과를 책임지고 있는 함영민 과장이오."

"저……."

"……?"

"저 역시 갑자기 발령을 받아서 어리둥절한 상태지만 향후야 어찌 됐든 상관이신데 말씀을 편히 해 주셨으면 합니다. 앉아 있기가 많이 불편합니다."

"어? 그, 그런가?"

"과장님, 그렇게 하십시오. 방금까지 저도 편하게 대했거든요. 하급자인 제가 그러는데 과장님도 그렇게 대하는 것이 맞는 거지요."

"그, 그래도 처음 보는 자린데……."

"그렇게 해 주십시오. 그러면 제 마음이 편하겠습니다."

"그럼 그, 그럴까?"

"옛!"

명목상이야 자신의 부하 직원이라고는 하더라도 실질적으로는 엄연히 다른 부서라 서로를 존중해서라도 말을 놓기가 좀 어정쩡한 관계였던 터다.

담용의 말에 자신감이 조금 더 생긴 함영민이 가볍게 웃음을 지어 보였다.

"하하, 뭐, 다 알고 온 처지일 테니 거두절미하고 말하겠네. 혹시 원하는 직책이라도 있는가?"

"없습니다. 아는 게 있어야지요."

담용은 솔직하게 털어놓았다.

"대충이라도 알고 온 게 아니었나?"

"어제…… 그러니까 월요일 점심 식사를 같이하면서 들은 말이라 그럴 새가 없었습니다."

"그래?"

"예. 그러니 그냥 편리하신 대로 정해 주시면 됩니다."

"흠, 내가 그럴 경우에 대비해서 차관님께 말을 전해 듣자마자 준비를 해 놨네만…… 여기…… 한번 보겠나?"

스으윽.

함영민이 미리 준비해 놨던 명함 세 곽과 제법 두툼한 패스포드를 담용의 앞으로 내밀며 말을 이었다.

"직책은 운영지원 담당관으로 했네."

"예?"

"왜 놀라나?"

"담당관이라고 하시니…… 왠지 직급이 한참이나 높은 것 같아서요."

"푸흣, 담당관이라고 해서 직급이 높아야 할 이유는 없네. 하려고 들면 5급 사무관도 충분한 자격이 있으니까. 뭐, 다른 부서에서는 나 정도 직급은 돼야 담당관 자격이 있을지 모르지만 우리 부서는 과장인 내가 수장이니 5급으로도 충분하다네."

"아, 예……."

담용은 금세 이해했다.

담당관이란 계급이 아니고 직책이라 딱히 누가 해야 한다는 지침이 정해져 있는 것이 아니라는 것을.

예를 들어 수송관이라는 직책이 있다고 할 때, A부대에서는 수송 담당관의 계급이 준위인 데 반해 B부대에서는 같은 수송 담당관이라도 상사가 맡고 있을 수도 있다는 뜻이다.

"원래부터 존재했던 직책입니까?"

"아니, 급조했다네."

다른 부서에서야 흔히 있는 직책이었지만 운영지원과 내에는 담당관이라는 직책이 없었으니 서둘러 마련한 터였다.

"아, 예."

"급조했다고 없는 자리가 아니라네. 어제부터 새로 생긴 정식 직책일 뿐인 거지. 그리고 오늘부터 누군가 전화를 해 자네를 찾게 되면 자넨 분명히 우리 부서에 근무하는 직원이 되어 있을 것이네. 오늘부로 명단에 정식으로 이름을 기재할 것이니 필요하다면 명함을 사용해도 무방하네."

"알겠습니다."

"패스포드는 자네 신분증일세."

"감사합니다."

담용은 하나에서 열까지 세세하게 챙겨 준 것에 대해 감사한 마음이 들어 정중히 머리를 숙였다.

"하하핫, 알맹이야 어떻든 겉으로나마 운영지원과 소속이니 다급한 업무가 생길 경우에는 가끔 도와주게나. 뭐, 그럴 일이 있을까 싶긴 하지만 말일세."

"제게 시간이 있고 부서에서 협조를 요청할 일이 있다면 기꺼이 돕도록 하겠습니다."

"그래 주면 고맙지. 출근을 하고 싶으면 언제든 하게. 자네가 맡은 업무 중에 그래야만 하는 경우도 있을 수 있겠지만 너무 적조했다 싶을 때는 가끔은 와서 얼굴을 보여 주게나. 술도 같이 한잔 곁들이면 더 좋고, 하하핫."

"알겠습니다. 꼭 그렇게 하겠습니다."

"뭐, 강요하는 건 아닐세. 아, 여권은 있는가?"

"예."

"해외로 출장을 갈 경우 우리 소속으로 출국하라는 지시가 있었네. 그러니 그런 일이 생길 경우에는 언제든 말을 하게. 업무에 지장이 없도록 신속하게 처리해 줄 테니까."

"그러겠습니다."

"좋으이.. 내가 할 말은 다 했네. 내게 바라는 게 있으면 말하게나."

"없습니다."

"뭐, 처음이니……. 그런 건 차차로 알아 가면서 말해도 되는 일이니 급할 건 없겠지."

뭘 알아야 요구도 할 것인데 묻는 자체가 더 이상해서 머쓱했던 함영민이 재빨리 부언했다.

"아무튼 여기가 자네 직장이다 생각하고 필요한 게 있으면 언제든 협조를 구하게. 여기 이 계장이 자네가 교통할 수 있는 통로가 될 것이니 그리 알고 있으면 되네."

일이 생기거나 협조가 필요할 때 창구를 이세형 서기관을 통해 처리할 수 있도록 하라는 말이었다.

"알겠습니다."

"이 계장, 육 담당관의 자리를 알려 주고 직원들에게도 간단하게 소개해 주게."

"예. 근데…… 신입 환영 파티는 없겠지요?"

"그게 없다는 것이 나도 불만이네만 육 담당관의 신분상 환영 파티는 곤란하네."

"쩝, 할 수 없지요. 그럼 제가 점심이나 같이하는 것으로 하지요."

"그렇게 하게."

"자, 일어나세."

"예."

이세형을 따라 자리에서 일어선 담용이 함영민을 똑바로 쳐다보며 어렵게 입을 뗐다.

"과장님, 만약에 말입니다."

바인더북

"응? 만약이라니? 뭐가 말인가?"

"혹시라도 업무 외적인 일로 과장님 신변이나 주변에 어려운 일 또는 곤란한 일이 생기게 되면 제게 말해 주십시오. 한 번 정도는…… 해결해 드리겠습니다."

이 말에는 담용의 함영민에 대한 솔직한 심정이 담겨 있었다.

강심장인 담용이었지만 국정원의 최형만 차장에게서 통보를 받은 이후부터 심장이 많이 두근거렸다.

이유는 그리 달갑게 여기지 않는 특채일망정 담용의 생애에 처음으로 공무원 신분이 된다는 것 자체가 경이로 다가온 탓이 컸다.

또한 건설교통부 운영지원과 담당관, 즉 5급 사무관이란 신분은 동생들이나 지인 그리고 친구들에게 자랑해도 좋을 공무원 신분이니 집안의 경사이기까지 하다.

고로 흥분되고 설레는 마음이 컸다.

하지만 그런 만큼 한편으로는 건설교통부라는 중앙 부처에 들어서면서부터 몸과 마음이 여간 조심스럽지 않았던 담용이기도 했다.

그도 그럴 것이 한 나라를 지탱해 나가는 중앙 부처의 구성원이 된다는 점과 가리고 가려서 뽑은 인재들의 틈바구니 속에 같은 일원으로 끼어든다고 생각하니 아무리 이능을 지녔다고는 하나 결코 편한 마음일 수는 없었던 것이다.

그런데 뜻밖에도 그런 심정을 꿰뚫어 보기라도 한 것처럼 함영민이 편안하게 대해 주자 담용의 입장에서는 무척이나 고마운 생각이 들 수밖에 없었다.

그래서 그가 가장 자신 있게 할 수 있는 것으로 보답할 마음에서 이능을 지닌 이후 처음으로 그런 말로 호의를 내비친 것이다.

물론 정색까지는 아니고 가벼운 어투로 한 말이지만 결코 그 무게까지 가볍지는 않았다.

"어? 그, 그러지. 고, 고맙네."

빙긋 웃어 보이며 담용이 인사치레로 하는 말로 알아들은 함영민은 그저 가볍게 받아넘길 뿐이었다.

담용의 능력을 알 리가 없는 함영민이었으니 지금과 같은 반응은 당연한 것이었다.

만약 알았다면 결코 지금의 반응처럼 끝나지 않았을 터였다.

그렇지만 말이 씨가 된다고 했던가?

불과 얼마 지나지 않아서 함영민의 신상에 담용에게 신세를 질 만한 일이 생길 줄이야 뉘 알았겠는가?

담용도 언젠가 한 번쯤은 그런 일이 있을 수 있겠지 하는 생각으로 호의를 베푼 것이지 설마하니 불과 며칠 후에 일이 생길 줄은 몰랐던 것이다.

마치 오비이락 격이다.

"그럼 또 뵙겠습니다."

처음 들어올 때와 마찬가지로 절도 있게 인사를 한 담용이 등을 돌려 이세형을 따라 나갔다.

그래 봐야 칸막이만 빠져나오면 되는 일이라 나오자마자 실내 전경이 한눈에 들어왔다.

"육 담당관이 할 일이 있을까 싶지 않아서 업무에 대한 것은 굳이 설명하지 않아도 될 것 같으니 직원들과 간단히 안면만 트도록 하지."

"편한 대로 하십시오."

어차피 친숙해지려면 적지 않은 시간과 노력이 필요한 일이다.

지금은 서로 안면만 터 놓고 차차로 익숙한 얼굴이 되어 가면 된다.

출근도 할지 말지이니 서두를 일도 아니었다.

"그럼……."

짝짝짝.

"자, 모두들 주목하세요."

간단한 박수만으로 직원들의 시선을 모은 이세형이 곧바로 담용을 가리키며 말했다.

"여기 선 사람은 이번 우리 부서에 운영지원 담당관으로 내정되어 오신 분입니다. 어제 우리가 급히 만든 자리에 앉을 임자이기도 하지요. 하지만 주로 대외 업무에 종사할 예정이라 평소에 얼굴 보기가 힘들 겁니다. 그러니 이 기회에 서로 인사를 나누면서 얼굴을 익히도록 하세요. 차제에 더 궁금한 것이 있다면 차차로 나누기로 하고 오늘은 육 담당관이 바쁘니 간단하게 서로 소개만 하도록 해요."

그렇게 말한 이세형이 담용에게 눈짓을 했다.

먼저 나서서 자신의 소개를 하라는 것임을 안 담용이 한발 앞으로 나서더니 입을 열었다.

"방금 소개를 받은 육담용입니다. 많은 것이 모자란 사람이오니 선배 제현들의 협조를 부탁드립니다."

꾸벅.

정중한 태도로 인사를 끝내자 이세형이 얼핏 봐도 함영민 과장의 수발을 위해 마련된 자리일 것 같은 위치에서 일하고 있는 예쁘장한 여성에게로 다가갔다.

"육 담당관, 여기는 우리 사무실의 두 분 꽃 중의 하나인 신영희 씨네."

"아, 잘 부탁드립니다."

"네. 바, 반가워요."

"하하핫, 아마 잘 보여야 할 걸세. 우리 사무실 전화는 모두 신영희 씨를 통해 받으니까 말일세. 간혹 뿔나면 안 바꿔주더라구."

"어머! 제, 제가 어, 언제……?"

신영희의 얼굴이 갑자기 빨개지는 것을 본 담용이 다시 한

번 살짝 목례를 했다.

"이거…… 식사라도 같이하면서 잘 보여야겠네요."

그럴 리가 없다는 것이야 모르지 않지만 분위기를 부드럽게 이끌어 나가자는 이세형의 의도를 읽었기에 하는 행동이었다.

"어머머, 계장님이 농담하시는 거니까 개의치 마세요."

"아무튼 잘 부탁드립니다."

"아휴! 참, 내……."

"하하핫, 미안."

억울하다는 눈빛을 보내는 신영희에게 손을 들어 보인 이세형이 다음 자리로 이동했다.

"여긴 행시 출신으로, 육 담당관처럼 사무관급인 하미연 씨네."

서른 전후에 안경을 쓴 하미연은 이지적인 인상이었다.

그러고 보면 신영희는 그런 말이 없었으니 행시 출신이 아니라는 얘기다.

'쯧, 이것도 차별인가?'

그런 느낌이 강하게 들었지만 또 언제 볼지 모르는 사람들일 수도 있어 가볍게 넘겼다.

"육담용입니다. 뵙게 되어 반갑습니다."

"하미연이에요."

간략하게 이름만 내뱉고는 다시 컴퓨터로 눈을 돌리는 하미연은 음성이 다소 차갑게 느껴졌다.

접대성 미소도 띠지 않는 것으로 보아 아마도 돌아온 싱글이 아니면 노처녀인 것 같은 느낌을 주었다.

"다음은 권해찬 씨네. 역시 행시 출신이고 사무관급일세."

"육담용입니다. 잘 부탁드립니다."

"아, 예. 저도 잘 부탁드립니다."

권해찬이 손을 내밀자 담용도 마주 내밀고는 악수를 했다.

그런 식으로 실내를 한번 쭉 돌면서 서로가 나름대로 이름을 알고 얼굴을 익히는 데는 시간이 그리 오래 걸리지는 않았다.

"자, 자. 오늘은 이 정도로 하세."

"예."

"신영희 씨, 나 좀 나갔다 올 테니까 연락이 오면 메모를 해 놔요."

"네에!"

"가세. 여기까지 온 사람에게 식사도 대접하지 않았다면 건설교통부 직원 모두가 들고일어나서 나를 파묻으려고 할 걸세. 그러니 점심은 먹고 가게나."

"하하핫, 제가 같이 점심 식사를 하는 것이 계장님을 살리는 거군요."

"그렇지! 자네가 뭘 좀 아는구만, 하하하핫."

코드네임, 제로벡터

끼이익.

내곡동의 인릉산 중턱에 담용의 레인지로버가 멈췄다.

이어 기다렸다는 듯이 예의 사내가 다가왔다.

"어서 오십시오."

"수고하십니다."

"차장님께서 기다리고 계십니다."

"그래서 부랴부랴 오는 길입니다."

"차 열쇠를 주시지요."

며칠 전에 한번 본 얼굴이라서인지 살갑게 알은체를 하는 사내에게 차 열쇠를 건넨 담용이 본관을 향해 걸어갔다.

이세형 계장의 친절한 안내 덕분에 운영지원과 직원들과

수인사를 나누고 건설교통부까지 대충 둘러본 담용은 같이 식사를 한 후 국정원으로 온 것이다.

그래서인지 전과는 다르게 걸음걸이에도 여유와 노련미가 엿보이는 담용은 지금 기분이 한껏 고조되어 있었다.

그도 그럴 것이 비록 특채일망정 지난 삶에서는 꿈에서나 그리던 정식 공무원 신분이 된 것이니 세상에 태어나 할 일을 다 한 듯한 기분이었다.

더불어 이제야 하늘나라에 계신 부모님께도 효도를 한 심정이었다.

그러자 퍼뜩 생각나는 것은 근자에 부모님께 들러 보지 못했다는 점이었다.

'에구, 그러고 보니 두 분께 가 본 지도 오래됐네.'

사실 양친 모두 10월이 기일인 터라 그때마다 가서 뵙곤 했고 명절 때 역시 찾아뵈었다.

하지만 새 삶이라고 할 수 있는 회귀 이후에 곧바로 가봤어야 했던 것이 도리임에도 가 보지 못한 것이 마음에 걸렸다.

'쩝.'

까마득히 잊고 살았던 것 같은 기분에 새삼 죄스러운 마음이 드는 담용이다.

그러자 한껏 고조되던 마음이 순식간에 가라앉으면서 담용의 얼굴이 조금씩 침울해지기 시작했다.

그러나 담용의 팔자에는 그렇게 시니컬해질 여유조차 없는 것인지 그의 귓가로 조재춘 과장의 음성이 들려왔다.

"육담용 씨, 일은 잘 보셨소?"

"아! 조, 조 과장님."

"하하핫, 안색이 어째 좀 그래 보이오만…… 혹시 잘못된 거라도……."

"아, 아닙니다. 일은 잘 봤습니다."

"그런데 표정이 왜……?"

"하하핫, 갑자기 돌아가신 부모님 생각이 나서요. 곧 기일이거든요."

"아! 난 또……. 점심 식사는 어떻게 했소?"

"그쪽에서 먹고 오는 길입니다. 근데……?"

"엉? 왜요?"

"저야 그렇다지만 과장님은 얼굴이 어째…… 버석해 보입니다. 또 날밤을 새운 겁니까?"

"하하핫, 누구 때문에 갑자기 바빠진 탓이지 달리 이유가 있겠소?"

누구 때문이라면?

담용은 그 즉시 자신으로 인해서라는 것을 눈치챘다.

"에? 저 때문에 밤을 새웠다고요?"

"나만 밤을 새운 건 아니라오. 이 과장과 차 과장 역시 나처럼 누렇게 떠 있다오."

"이런!"

이 과장은 제1차장 휘하의 이정식을 말함이었고 차 과장은 제2차장 휘하의 차민수를 지칭하는 것임을 모르지 않는 담용이라 순간 표정이 미안한 기색으로 변해 버렸다.

"아니, 그래야만 할 일이라도……?"

"그야 육담용 씨를 서로 자기 부서에 배치시키겠다고 싸우느라 그랬지요."

"예에? 싸, 싸워요?"

"그럼요. 그것도 박 터지게 싸우느라 정신이 없었지요."

"에이…… 한낱 개인일 뿐인 제가 뭐라고……?"

"자, 자. 오늘따라 날이 너무 덥군요. 어서 들어가지요."

얘기를 하다 보니 어느새 소회의실에 도착했다.

문을 여니 이정식과 차민수가 보였다.

"어서 오시오."

담용에게 환하게 웃으며 말하던 이정식이 돌연 검지를 입술에 대더니 A4 용지를 들어 보였다.

도청 장치 검색을 부탁합니다.

얼른 눈치를 챈 담용이 재빨리 고개를 끄덕이면서 입을 열었다.

"아, 예. 또 뵙습니다."

조재춘이 담용의 귀에 대고 소곤거렸다.

"CIA 땜에 그래요."

끄덕끄덕.

담용은 조재춘의 속삭임에 소리 내어 말하는 것 자체가 부담스러워 고개만 끄덕였다.

'쯧! 이 정도로 심각한가?'

내 집 안방에서조차 조심을 기해야 하는 처지라니 조금 한심하다는 생각이 들었다.

더불어 비로소 정보기관에 몸을 담근 것 같은 기분도 들었다.

군대 시절부터 어렴풋이 듣긴 했다.

명색이야 두 나라 간에 정보를 공유하고 교류한다지만 그런 와중에도 서로의 기밀 정보를 탐지하기 위해 수단과 방법을 가리지 않고 암약하는 것은 기본이라 할 수 있었다.

하지만 아무래도 하나부터 열까지 기반이 취약할 수밖에 없는 대한민국이 열세에 처해 있는 것은 불문가지다.

더군다나 미국으로 치우친 유학파가 압도적인 만큼 그에 비례해서 친미파의 천국인 작금의 현실이고 보면 국정원이라고 해서 그들의 입김에서 자유로운 것은 아닐 것이었다.

미국이란 나라가 막강한 것은 막대한 부를 기반으로 한 군사 전력과 강력한 정보 라인을 세계적으로 구축해 놓고 있기 때문이다.

정보 라인의 구축은 각국에서 유학을 온 학생들을 이용해 기반을 다졌다고 해도 과언은 아닐 것이다.

특히나 유학파 중에서도 상위 1퍼센트에 속하는 고급 인재들은 무슨 수를 써서라도 자국에 잡아 놓으려고 한다는 것은 더 이상 비밀도 아니다.

고로 막대한 재력에 넘어간 각국의 인재들이 미국 국적을 취득해 눌러앉는 것이야 어제오늘의 일도 아닌 것이다.

국정원에도 미국 유학파가 많을 것이고 보면 주요 시설 곳곳에 도청 장치를 해 놨을 수도 있었다.

세 사람은 만의 하나를 염려해 담용에게 부탁한 것이다.

물론 사전에 꼼꼼하게 검열했을 테지만 그야말로 만의 하나를 염려한 노파심이었다.

그런데 그 염려가 적중할 줄이야 뉘 일었겠는가?

차크라의 기운을 발산시켜 구간 구간을 잘게 쪼개면서 전파를 감지해 가던 담용이 갑자기 눈에 살짝 이채를 띠더니 난데없이 조재춘을 쳐다보는 것이 아닌가?

"……!"

바로 옆에 서 있다가 담용의 시선을 받은 조재춘이 눈을 동그랗게 뜨고는 황당하단 표정을 짓더니 엄지로 자신을 가리키며 입 모양으로 '나?'라고 했다.

끄덕끄덕.

담용의 수긍에 그 즉시 표정이 손아귀에서 수십 번도 더

꼬깃꼬깃해진 휴지처럼 일그러진 조재춘이 양팔을 들었다.

빨리 찾으라는 제스처다.

설레설레.

고개를 저은 담용이 상의를 벗는 동작을 취했다.

'쓰벌…… 빌어먹을…….'

신입 앞에서 모양새를 구겨 버린 조재춘이 속으로 욕을 해 댔다.

코를 씰룩거린 조재춘이 상의를 탁자에 벗어 놓자 담용이 더듬거리지도 않고 양복의 오른쪽 깃 안쪽을 뒤집어 보였다.

이어 드러난 것은 와이셔츠 단추만 한 물건이었다.

그것도 누군가 양쪽의 미세한 구멍을 통해 실로 기워 놓은 형태였다.

당연히 붉은 빛이 어려 있었다.

붉은 빛이 어린다는 것은 상대편에서 감청을 하고 있음을 뜻했다.

그도 아니라면 녹음 중이거나 둘 중 하나일 것은 틀림없는 일이다.

도청 장치가 발달한 만큼 감청 장치도 발전해서 사람이 일일이 지키면서 감청하지 않아도 녹음이 되는 시스템은 진즉에 시행되고 있는 실정이었다.

조재춘이 탁자 위에 놓인 필기구 통에서 커터 칼을 집어 잘라 내려는 것을 담용이 말렸다.

이어서 도청 장치를 스윽 훑고는 서랍을 열었다. 양복을 조심스럽게 들어 집어넣은 후 살며시 닫았다.

　"혹시 모르니 다른 방으로 가서 얘기하지요."

　"어? 그, 그래요."

　"또…… 있나요?"

　담용이 목소리를 작게 내자 덩달아 음성이 작아지는 조재춘과 차민수다.

　그러나 닳고 닳은 베테랑인 세 사람조차도 바로 눈앞에서 도청 장치가 발견되자 조금은 당황이 됐던지 안색이 살짝 변했다.

　"아뇨."

　"그런데 왜……?"

　"성능이 어떤지 몰라시요."

　"아! 그, 그렇지."

　하루가 다르게, 아니 분초를 다투며 첨단의 제품들이 홍수처럼 쏟아져 나오고 있는 상황이라 담용의 한마디는 충분히 납득이 가는 말이었다.

　"제길, 난 가서 비상을 걸어야겠다."

　"그렇게 해. 도청 장치가 여기뿐만은 아닐 테니 모두 조심시켜."

　"걱정 마. 이럴 때를 대비한 매뉴얼이 마련되어 있잖아?"

　"하긴……."

바쁜 걸음으로 걸어가는 차민수의 등을 일별한 이정식이 조재춘에게 말했다.

"휴게실로 가는 건 어때?"

"거기라고 자유로울까? 더군다나 이목이 좀 많아?"

조재춘이 난감한 표정을 지었다.

"업무 시간에 누가 온다고 그래? 그리고 의외로 그런 곳이 더 안전할 수 있어. 휴게실은 일절 업무 얘기를 하지 못하게 되어 있는 곳이니까 말이야."

그렇긴 했다.

내규로도 정해져 있는 휴게실의 규칙은 업무 외적인 얘기만 하게 되어 있는 공간이었다.

"젠장. 내 업무 공간에서 말도 제대로 할 수 없다니…… 정말 엿 같군그래."

"뭐, 어제오늘의 일도 아닌데 새삼스럽게 뭘 그러나? 정 휴게실이 불안하면 등나무 밑은 어떨까? 이왕이면 교육도 시원한 그늘에서 하는 것도 괜찮을 것 같은데……."

"어이구, 날도 푹푹 찌는데 나더러 바깥에서 교육하라고? 아니, 나야 그렇다고 쳐도 육 담당관은 뭔 죄야?"

"전 아무래도 상관없습니다."

"상관없다고 하잖아? 그리고 지금으로서야 대대적으로 수색을 하기 전에는 딱히 마땅한 장소가 없기도 하고."

"끙, 망할……."

곧 휴게실도 점검 대상이 되어 요원들이 들이닥칠 것이니 장소 이동은 불가피했다.

"나, 참. 이거 육 담당관을 볼 면목이 없군그래. 마음 편하게 교육시킬 장소 하나 없다니."

"그거야 자네에게서 도청 장치가 나와서 그런 거지. 그보다 난 누가 자네 옷에다 도청 장치를 달아 놨는지가 더 궁금하이."

"모르지. 의심을 하자면 끝이 없으니까. 그게 나일 수도 있으니 어쩌겠어? 찾는 건 포기해야지."

"푸훗! 거…… 말 되네."

"이봐, 나도 돈 싫어하는 사람이 아니라고. 또 약점이 없는 사람도 아니고."

상대의 약점을 잡거나 혹은 돈으로 질러 내어 스파이 짓을 시키는 것을 말함이다.

다소 진부한 방식 같긴 하지만 시대가 달라져도 이런 식의 수법만큼 확실한 것도 별로 많지 않아 종종 써먹는 방법이었다.

"하기야 정보전에 뛰어든 놈이라면 언제나 그런 맹점을 노려 과감한 짓을 해 대는 것을 서슴지 않을 테니까."

두 사람의 얘기를 듣던 담용이 말했다.

"범인을 찾는 것은 그리 어렵지 않습니다."

"어? 그래요?"

"예. 두 분께서도 성별 정도는 아시겠죠?"

"바느질이 꼼꼼한 걸 보면 여자일 테지."

"하핫, 맞습니다. 그것도 아주 가느다란 명주실이니 투박한 남자의 손을 빌려서 하기에는 무리가 있겠지요. 그것도 짧은 시간에 말입니다."

"그렇군. 조 과장이 자리를 비운 시간에 잽싸게 끝내야 했을 테니까."

'제기랄.'

신입 앞에서 망신도 이런 망신이 없다.

'대체 언 놈이…… 어? 년인가?'

어쨌든 놈이 됐든 년이 됐든 누군지 도통 감이 잡히질 않는다.

자리를 오래 비운다면 상의를 입고 나가는 외출밖에는 없어 불가능하다.

그렇다고 여비서가 보좌해 줘야 할 만한 직책이 아니라서 의심의 대상 폭은 무한대다.

범인 색출은 고사하고 또 그럴 시간적 여유도 없었다.

"당면한 일이 먼저이니 범인은 나중에 시간이 나면 찾아봅시다. 육담용 씨, 시간이 지나도 잡을 수 있겠지요?"

"원하신다면 언제든 가능합니다."

"엉? 시간이 지나면 어렵지 않겠소?"

"차 과장님, 저만의 방법이 있으니 염려하지 않으셔도 됩니다."

"아, 그렇다면야······."

'후후후, 같은 냄새를 찾는 거야 여반장이지.'

냄새, 다름 아닌 향수 냄새다.

하지만 세 사람의 능력으로는 느낄 수조차 없을 정도로 미미한 양의 미세한 냄새였다.

게다가 여자들은 각자가 선호하는 기호품이 있어 취향을 쉽게 바꾸지 않으니 시간이 흘러도 범인을 색출하는 데는 지장이 없다.

"조 과장님, 양복 드라이는 언제 했습니까?"

"아, 여름이라 자주 하는 편이지요. 제가 땀이 좀 많은 편이라 일주일에 한 번씩은······."

"그럼 도청을 한 지 일주일밖에 안 된 겁니다. 그동안 중요한 사안들이 논의됐다면 계획 자체를 폐기하셔야 할 겁니다. 아니라면 노출된 정보를 역으로 이용하시면 되겠고요."

"큼, 그, 그렇군."

퍼뜩 뭔가를 느낀 조재춘이 이정식에게 말했다.

"이 과장, 내 곧 조치를 취해 놓고 올 테니 같이 좀 있어 주게."

"그러지 말고 나부터 교육시키면 안 될까?"

"어허! 이거 왜 이러시나? 30분이면 충분하니 약속한 대로 하자고."

"쳇! 알았네. 다녀오게나."
"고맙네."

다시 네 사람이 모인 건 그로부터 한 시간이 더 지난 후였다.
"건설교통부에서의 일은 잘 봤습니까?"
"예, 덕분에요."
"텃세는 없었습니까?"
"그런 건 못 느꼈습니다."
이정식과 차민수가 번갈아 가며 묻는 말에 담용이 머리를 긁적이며 어색하게 대답했다.
자신도 그때의 상황이 공채로 들어온 직원이라면 누구나 꺼리는 정실 인사에 의한 낙하산임을 모르지 않았기 때문이다.
"자, 자. 거기 앉아요. 차는 이걸로 대신하기로 합시다."
조재춘이 결로 현상이 뚜렷한 생수병을 건넸다.
"아, 이럴 땐 시원한 물이면 족하지요."
"하하핫, 하긴 오늘같이 무더운 날씨에는 그게 더 좋을지도……."
소회의실에 비치된 정수기에서 받아 온 냉수일 뿐이지만

담용이 시원하게 들이켜는 것을 보고 환하게 미소를 띠는 조재춘이다.

"그래, 직책은 뭘로 정해졌습니까?"

"아, 운영지원 담당관이라고……."

"운영지원 담당관요?"

"예. 운영지원과 소속입니다."

"운영지원과라……."

조재춘의 시선이 국내 파트인 차민수에게로 향했다.

"아아, 그거 차관 직속 부서야. 각 부처마다 다 있는 거지. 과장이지만 최고참이 맡고 있는 부서이기도 하고."

"하면 국장으로 가기 위해 거쳐서 가는 자린가 보군."

"아마도."

"어차피 근무할 것도 아닌데 아무 부서면 어때?"

"하긴…… 이 과장 말이 옳아."

"조 과장, 그 얘긴 그쯤해 두고 우리가 결정한 사항이나 말해 주지 그러나?"

"그러지. 육담용 씨."

"……?"

"아무래도 많이 바빠질 것 같습니다."

"예? 무슨……?"

"육담용 씨의 초능력을 빌릴 일이 많을 것 같아서 하는 말이지요."

"그거야……."

애초에 그러려고 국정원과 인연을 맺기로 한 것이니 새삼스러울 것도 없어 고개를 끄덕여 보이는 담용이다.

솔직히 건설교통부 5급 공무원이 된 것은 의외였고, 담용이 바라는 바도 아닌 조치였다.

"사실 육담용 씨는 평가한 결과로는 시긴트sigint 요원으로 최적임자라고 여겨졌습니다."

"예? 시, 시긴트요?"

초장부터 낯선 용어가 나오자 담용의 이맛살이 약간 찌푸려졌다.

"하하, 아마 처음 들어 보는 용어일 겁니다. 설명을 해 드리자면 시긴트란 통신 방수傍受를 말하는 것입니다. 여기서 방수란 비밀 정보 수집 요원으로서 필히 갖춰야 하는 능력인데 결코 쉬운 것이 아니라서 희생이 가장 많은 분야지요."

"……!"

"아, 방수를 먼저 설명해야 되겠군요. 방수란 무선통신을 함에서 통신을 직접 받는 사람이 아닌 제3자가 그 통신을 우연히 혹은 고의적으로 수신해 정보를 취득하는 것을 말합니다."

"그, 그게 가능합니까?"

담용은 그렇게 말해 놓고 곧 후회했다.

감청을 예로 들어 보면 쉽게 짐작할 수 있는 것을 너무 성급하게 말한 것이다.

"훈련을 하면 충분히 가능합니다. 다만 적도 이에 대비해 만반의 준비를 갖추고 있다는 것이 문제지요. 그리고 이뿐만이 아닙니다."

"……?"

"이민트(Imint, imagery intelligence)라는 것도 있지요."

"이민트요?"

"예. 영상 정보를 말함이지요."

"하면…… 상대의 행동을 영상에 담아서 정보를 취하는 걸 말하는 겁니까?"

"하하하, 그렇지요."

"쉽지 않은 일이로군요."

용어만 들어도 정말 목숨을 걸어 놓지 않으면 이루기 어려운 일로 여겨졌다.

"그리고 휴민트(Humint, human intelligence)도 있다오."

"휴민트라면 뭘 말하는 겁니까?"

"시긴트와 이민트가 영상을 말하는 거라면 휴민트는 사람이 매개체라는 겁니다."

"아아, 정보원 같은 거요?"

"그렇습니다. 바로 정보원이나 내부 협조자 등 인적 네트워크를 활용하여 얻은 정보 또는 그러한 정보 수집 방법을 말하지요."

"휴민트는 시간이 많이 걸릴 일인 것 같습니다."

"시간뿐만 아니라 비용도 엄청나게 소요되는 방법입니다."

절레절레.

"후우-! 어렵군요."

말만 들어도 저절로 도리질이 나오는 담용이다.

그마저도 국내가 아닌 국외에서의 일이라면 더 어려워질 것이다.

"하핫, 제가 15년 넘게 근무했지만 쉬운 일이 단 한 번도 없었다고 말할 수 있습니다. 그리고 그게 국가의 안보를 책임지고 있는 국정원이 통상 하고 있는 일이기도 하고요."

"제가…… 잘할 수 있을지 걱정입니다."

"저희가 판단한 바에 의하면 육담용 씨는 국정원 업무에 특화된 사람이라고 여겨졌습니다. 그러니 자신감을 가지셔도 됩니다."

"많이 배워야겠군요."

"저희도 그러기를 바랍니다. 말씀드린 대로 오늘부터 토요일까지 간략하나마 연수를 받게 될 것입니다. 아니, 지금 이 시간부터 연수를 받는다고 여기시면 됩니다."

"아, 예."

"교육을 들어가기 전에 먼저 한 가지 묻겠습니다."

"말씀하시지요."

"지금 하고 계신 직업을 계속 유지하실 의향인지요?"

"그랬으면 합니다."

두말할 것도 없다는 듯 담용이 곧바로 대답했다.

"이유를 물어도 되겠습니까?"

"어려울 것 없지요. 제가 전적으로 국정원의 일원이 되어 일을 하는 것도 애국하는 길이겠지만 그보다는 작금의 시기에 외투사들에 의해 국부가 유출되는 것을 막는 게 급선무란 생각이 들어섭니다. 이렇듯 국가의 자산을 지켜 내는 것도 중요하다면 중요할 수 있는 일이라 직장을 떠날 수가 없습니다."

"흠, 브로크 상태가 된 달러를 유입하기 위해 국가 차원에서 그들을 불러들였다는 것을 알지 않습니까?"

말인즉 국가가 알아서 조치할 것이란 얘기지만 천만의 말씀이다.

그러나 대놓고 그런 말을 할 수가 없어 빙긋 웃으며 대꾸했다.

"알지요. 그것도 누구보다 잘 압니다."

"그런데 왜 굳이 막으려고 애쓰는 겁니까?"

'에구, 정말 몰라서 묻는 건가?'

한마디로 말하면 놈들이 손대지 않는 곳이 없기 때문이라는 것이 그 이유다.

그것도 무지막지한 헐값으로 말이다.

하지만 담용은 굳이 시시콜콜 설명하지 않기로 마음을 먹은 터라 조금은 단호한 어조로 입을 열었다.

이건 분위기가 굳어져도 할 수 없는 일이다.

왜냐면 담용이 반드시 해야만 하는 일이어서다. 그것이 시간을 거슬러 온 자의 숙명이나 매한가지인 의무이기 때문이다.

"지금 조 과장님이 제게 다니고 있는 직장을 택할 것이냐 아니면 국정원의 업무를 택할 것이냐고 묻는다면 단연코 제 직업을 택할 것이라고 말할 정도로 중요한 일이기 때문입니다."

"아…… 그, 그래요?"

물었던 것이 머쓱해질 정도로 단호한 담용의 어투에 조재춘을 비롯한 세 사람의 안색이 조금 변했다.

마치 국정원이 부동산 회사보다 못한 직장인 것처럼 취급받은 것 같은 기분에 주변 공기가 싸해질 정도로 일시 분위기가 어색해졌다.

담용도 이런 분위기를 감지했는지 얼른 말을 이었다.

"물론 누가 뭐라고 해도 국정원 직원이라면 최고의 직업이라고 할 정도로 국정원은 인텔리들의 집합소이겠지요. 당연히 저 역시 그렇게 생각하는 사람 중의 한 사람이고요. 하지만 외환 위기에 처해 있는 상황에서 직업을 택하라면 저는 당연히 국가에 더 큰 도움이 될 수 있는 직업을 택할 것이란 겁니다."

"으음, 국정원이 하는 일도 그 못지않게 중요하오만……."

"그 말씀은 틀림없습니다. 그러나 국정원은 제가 아니더라도 오랜 연륜이 더해진 탁월한 능력을 지닌 직원들이 많은 반면에 당장 벌어지고 있는 국부의 유출에 대해서는 아무런 조치가 없다는 것이 문제입니다. 조 과장님, 혹시 제가 모르는 조치가 있었다면 제게 말씀해 주시겠습니까?"

"아아, 그건 아직 나도……."

당장 알고 있는 게 없었는지 말을 얼버무리던 조재춘이 국내 담당인 차민수에게로 시선을 돌렸다.

설레설레.

"나 역시 단돈 1달러라도 유입되는 게 유익하다는 것만 알고 있는 정도지 다른 건 더 아는 게 없다네. 경제 분야 쪽을 맡고 있는 팀장에게 물어보면 또 몰라도……."

"푸헐! 과장인 자네가 모르면 누가 안다고 그러나?"

"아마도 그것이 다일 것입니다. 지금 우리 대한민국은 S생명보험사만이 외투사들 틈에 겨우 꼽사리 껴서 소량의 금액을 투자하고 있을 뿐 속수무책인 상태입니다. 이 말은 곧 돈이 있어도 투자를 하지 않고 있다는 말과 같습니다."

"지하 금융이 부동산을 선호할 리는 없지요. 환금성이 있을 때라면 모르겠지만……."

"맞습니다. 그들은 철저하게 돈 놓고 돈 먹기 식의 철칙을 따르는 부류라 지금과 같은 외환 위기에는 부동산은 거들떠도 안 봅니다. 철두철미하게 이자 놀이에 푹 빠져 있는 상태니까요. 이 말은 곧 국가의 자산들이 무방비 상태라는 겁니다. 이를 그냥 놓아두게 되면 향후에 100원짜리 부동산을 1,000원에 사야 하는 불행한 사태가 발생하고 맙니다."

"하지만 그걸 개인이 어찌 다 감당한다 말이오?"

"당연히 감당하지 못합니다. 하나 비록 일개인일 뿐이라도 그 사람이 끌어당길 수 있는 자산가가 있다면 얘기가 또 달라지지요. 세상은 조그만 변화의 바람에도 엄청난 폭풍우로 변할 수 있는 여지가 얼마든지 있으니까요."

일명 butterfly effect라는 나비효과를 말하는 것이었지만 담용은 굳이 그런 용어를 쓰지 않았다.

나비효과란 말이 진즉에 나오긴 했지만 일부 지식인들을 제외하고는 생소한 용어이기도 했고 또 대중화가 되기까지는 아직 시일이 있었다.

더구나 나비효과란 영화가 나오려면 아직 2~3년 더 기다려야 했다.

보듯이 나비효과의 언질을 주었지만 세 사람 중 아무도 그런 의미로 받아들이지 않고 있지 않은가?

"아아, 그…… 마 회장 같은 사람 말이오?"

"그렇습니다. 그분이 또 주 회장이나 고 회장을 끌어들였지요."

"두 사람은 또 그와 관련된 사람들을 끌어들이고요."

"그렇지요. 일종의 도미노 현상이 일어나는 겁니다. 물론 그렇다고 해도 외투사들의 어마어마한 달러 물량 공세를 막지는 못합니다. 이 말은 곧 국가의 시책에 방해가 안 된다는 말이기도 하지요."

뭐, 시책이라고 할 수도 없는 것이지만 현 정권의 제도권 안에 있는 사람들에게 미운털 박히는 말을 할 필요는 없다.

"하면 육담용 씨는 작금의 외투사들이 노리고 있는 자산들을 미리 알고 방어할 수 있다는 겁니까?"

"예. 짐작하다시피 예지몽 비슷한 것을 꿉니다. 전 거기에 따라 미리 선점하는 방식으로 투자를 하게 합니다. 물론 잔챙이들까지 다 챙기는 건 아닙니다. 향후에 막대한 피해를 입힐 수 있는 부동산에만 신경을 쓰고 있는 중이지요."

"흠."

"거참……."

일전에 러시아의 핵 잠수함의 침몰 사건을 예견한 바 있었던 것을 아는지라 말문이 막히는 세 사람이다.

"헐, 육담용 씨는 정말…… 더 할 말이 없게 만드는 재주가 있군요."

"그럴 의도는 전혀 없습니다."

"아, 알아요, 알아. 하면…… 어떡하든 시간을 쪼개서 일을 하겠다는 말로 들어도 됩니까?"

"그렇긴 합니다만…… 국정원의 일은 굳이 저까지 나서서 해야 할 일이 많지 않을 것 같아서 그런 면도 있습니다."

"왜 그렇게 생각하지요?"

"저같이 풋내기 비전문가보다는 노련한 정보 전문가들이 할 일이라는 겁니다. 저는 단지 옆에서 보조하는 역할 정도면 되지 않겠냐는 생각입니다만……."

"하하핫, 보조하는 역할이라고요?"

"아, 아닙니까?"

"거참…… 이봐요, 육담용 씨."

"……예."

"육담용 씨는 지금 5급 공무원으로 특채된 상탭니다. 그게 뭘 뜻하는지 아십니까?"

"잘 모릅니다."

"이거…… 설명이 좀 필요하겠군요."

"뭐든 배우겠습니다."

"좋습니다. 대개는 7급까지 특별 채용이 가능합니다. 운전기사나 방호직, 즉 경비 또는 사무직원 같은 직원이지요. 심지어는 의사도요."

'엉? 의사가 고작 7급이라고?'

의외였다.

의사 같은 직종이라면 고급 인력이라 할 수 있는 인재임에도 7급 수준의 특채라니!

"그뿐입니까? 군, 검찰, 경찰, 각 특수부대 등에서 검증된 유능한 인재들 역시 특채할 경우 7급이란 말입니다."

7급을 유독 강조하는 조재춘이다.

"그, 그런데요?"

"국정원에서 5급이 되려면 행정고시에 합격하거나 타 기관의 5급 공무원이 소정의 절차를 거쳐서 국정원으로 전직해야 5급으로 임용될 뿐이라는 겁니다."

"아아…… 무슨 말인지 알겠습니다."

한마디로 말해서 담용 같은 경우는 애초 자격이 없음에도 불구하고 초능력 하나만으로 전례에도 없는 5급 공무원이 됐다는 얘기다.

'젠장, 누가 국정원 직원으로 들여 달라고 했나?'

절대로 그런 말을 한 적이 없는 담용이 듣자 하니 좀 억울한 감이 없지 않다.

순전히 자기네들끼리 짝짜꿍해서는 일방적으로 '해야만 한다'는 식의 당위성 어법을 쓸 뿐이다.

다시 말해서 담용에게 의견을 구한 적도 없고 이들이 일방통행식으로 정한 것이란 뜻이다.

뭐, 딱히 싫지는 않지만 강압적인 것만큼은 피하고 싶은 심정인 담용이다.

고로 담용도 할 말이 없는 것은 아니어서 입을 열었다.

"조 과장님, 그건 제가 의도한 바가 아닌 걸로 아는데요?"

"알고 있습니다. 그러나 육담용 씨가 의도했든 하지 않았든 상관없이 국가원수인 대통령님까지 재가를 한 상황이라 우린 이미 동료로 받아들였다는 겁니다."

'헉! 대통령까지?'

말이 쉬워 대통령의 재가지 그렇게 되기까지의 과정은 결코 순탄치가 않았을 것이라는 것쯤은 능히 짐작할 수 있었다.

"그 말은 또 육담용 씨가 이제부터는 국정원의 요원으로서 일련의 역할을 해 주셔야 한다는 의미와 같다는 것이지요."

"제가 그걸 거부하는 게 아니지 않습니까?"

재능을 썩히는 것이 싫었다기보다 지니고 있는 재능으로 조국을 위해 뭐라도 해야겠다는 마음의 발로에서 자원한 바였기에 하는 말이다.

"아무튼 좋습니다. 참고로 저와 여기 두 분은 모두 4급 공무원입니다."

"아! 제 상사가 되는군요."

"그렇지요. 그리고 오늘부터 육담용 씨의 연수를 맡게 된 교관들이기도 합니다."

'히익! 여, 옛 됐다.'

연수 교관이라는 말에 지금까지 뻣뻣하게 대한 것이 조금은 후회가 되는 담용이다.

'제길, 할 일이 그렇게 없나?'

과장급이나 되는 사람들이 직원 한 명의 연수를 위해 여기서 뭉그적거릴 새가 어디 있다고 교관이라니!

그것도 세 명씩이나.

내심이야 이건 좀 아니다 싶었지만 조금은 놀란 척했다.

"어? 그, 그렇습니까?"

"세 분 차장님의 명령이었으니까요. 비록 며칠뿐인 약식 연수일지라도 우리 국정원에 대해서 제대로 알려면 교육을 받아야 하지 않겠습니까?"

"당연하지요. 하면 지금부터 세 분께서는 제 상사가 되는 겁니까?"

"하핫, 뭐, 그런 셈이지요."

"하면 국정원에서는 부하 직원에게 존댓말을 씁니까?"

"엉? 아! 아하하하, 그, 그런 건 아닙니다."

"그럼 조 과장님께 하나 묻지요."

"뭘⋯⋯?"

"제가 언제부터 국정원 직원이 되는 겁니까?"

"에? 언제부터라니? 건설교통부에 적을 두는 순간부터 일보에 잡혔으니 이미 국정원 직원인 셈이지요."

"그런데 왜 부하에게 존댓말을 하시는 겁니까?"

"어⋯⋯."

"아아, 육담용 씨, 그거야 차차 서로 눈에 익게 되면 자연스레⋯⋯."

"차 과장님, 전 특별한 존재로 취급받고 싶지 않습니다. 그럴 이유도 없고요. 사실 따지고 보면 나이도 차이가 나고 직급도 그렇고 또 레벨도 다르지 않습니까? 그러니 세 분께서 편하게 절 대해 주시면 고맙겠습니다. 그래야 저도 소속감을 가질 것 아닙니까? 그렇지 않아도 입사 동기 한 명 없는 외로운 처진데 매양 이런 식으로 대한다면 제가 일을 제대로 할 수나 있겠습니까?"

"하하……하, 그것이…….."

말이야 틀리지 않았지만 조재춘 등은 곤란한 표정을 지을 수밖에 없었다.

기실 괜히 이러는 것이 아니었다.

기실 담용이 알기 전이긴 했지만 그에게 부여된 코드네임 때문이었다.

제로벡터.

제로벡터란 암호명의 무게가 그리 가벼운 것이 아니어서 유사시에는 과장급인 자신들조차도 담용의 지시를 받아야 하는 처지가 될 수도 있어서였다.

그리고 제로가 들어가는 코드명은 함부로 입에 올릴 게 아닌 절대 비밀을 요하는 암호명이었다.

두 사람을 지켜보고 있던 차민수가 나섰다.

"이봐, 조 과장, 육담용 씨의 말이 틀린 게 없으니 그렇게 하는 게 어때?"

"나도 그러고 싶지만 상부에서 알게 되면 치도곤이 떨어질 걸세."

"그거야 모르게 하면 되지. 어차피 같이 일을 하려면 자연스러운 관계가 더 좋지. 상황이 벌어지면 그때 가서 융통을 부리면 될 테고."

"쩝, 그야……."

"아무리 직급에 구애를 받지 않는 제로벡터라고 해도 하급자는 하급자인 거라구. 안 그런가, 육담용 씨?"

곧바로 말을 놓는 차민수다.

'제로벡터?'

생소한 용어였지만 어차피 묻지 않아도 알려 줄 것으로 여긴 담용이 편하게 웃어 보였다.

"하핫, 맞습니다. 그렇게 말씀하시니 저도 이제야 제대로 된 한가족처럼 느껴지는데요?"

누가 뭐라고 해도 정보 계통에서 뼈가 굵은 세 사람이다.

신참인 담용이 하늘을 뚫는 능력을 지녔다 하더라도 정보의 세계에서만큼은 존경과 존중을 받아야 할 존재들인 것이다.

"하하핫, 하지만 자네가 받은 코드네임은 결코 그 무게가 가볍지 않다네. 우리도 그 때문에 대우를 해 주려는 것이고."

"코, 코드네임요?"

담용은 소설 혹은 첩보 영화에서나 나올 법한 용어에 해연한 반응을 보였다.

이어서 드는 생각은, 단순히 국가 안보 등의 일에 힘을 보태려 했던 의도와는 달리 점점 수렁에 빠져들어 간다는 느낌이 확 들었다.

'하! 갈수록 점입가경이라더니…….'

자신이 꼭 그 짝이다.

자신의 능력을 마음껏 발휘하자면 9급이나 7급으로는 업무의 한계가 있을 수 있어 5급이라는 벼락감투를 쓸 수밖에 없다는 것까지는 이해가 간다.

하지만 심하면 국가의 안위를 살리고 위태롭게도 할 수 있는 비밀첩보 요원에게나 부여할 법한 코드네임이 부여됐다니!

불현듯 첩보원 세계의 한가운데 들어서 있는 것 같은 착각에 살짝 오한이 들면서 심장이 쪼그라드는 기분이다.

그래서 확인하듯 물었다.

"제, 제게 코드네임이 부, 부여됐다고요?"

말투까지 떨려 나오니 담용의 심정을 짐작할 만했다.

"그러네. 코드네임을 부여받았다는 것은 그 자체가 상당히 중요한 임무에 투입되는 인물이라는 것을 의미한다네. 그 중에서도 제로가 들어가는 코드네임은 극비에 속할 정도로 중요한 인물이라는 의미이기도 하네."

'제로라고?'

어딘가 모르게 싸한 느낌이 확 드는 숫자다.

제로, 숫자만으로도 위험한 임무에 투입될 것이 짐작되었다.

"저, 저…… 저는 방금 입사했고 아직 임명장도 받지 않은 신출내깁니다. 그런데 어찌 그런 막중한 임무를……?"

"아아…….."

차민수가 손을 홰홰 젓고는 말을 이었다.

"우리한테 아무리 따져 봐야 소용없다네. 세 분 차장님의 건의로 원장님이 대통령님의 재가까지 받은 마당이라 되물릴 수도 없는 상태니까 말일세, 하하하."

'끙.'

그 말 한마디에 담용의 가슴에 묵직한 돌덩이가 올려졌다.

"하지만 제가 감당할 수 있을지……."

"이미 검증된 바도 있고 또 몇 번을 숙고한 결과 충분하다고 여겨 코드네임을 부여한 걸일세. 그러니 더는 사양이나 발뺌을 한다고 해도 소용이 없네. 그보다…… 우리가 자네의 직급이 낮아도 함부로 대하지 못하는 건 제로가 들어가는 코드네임을 부여받은 상태라 그런 것이니 그리 알고 있으면 되네."

"저로서는 아직 어리둥절하기만 합니다. 제게 제로벡터라는 엄청난 코드네임이 부여된 점도 그렇고 또 그 이름에 사정이 있는 것도 같은데…… 당최 뭐가 뭔지…….”

어리둥절하기만 한 것이 아니라 얼떨떨해서 정신을 차리기가 어렵다.

능력이야 어떻든 지금까지 소시민의 삶을 살아왔던 담용이었기에 난데없이 부여된 직책이나 비밀스러운 암호명이 부담스러울 수밖에 없었다.

그런데 대통령까지 빗대는 것을 보면 은근한 말투 속에서도 의지는 확고하다는 것을 알 수 있었다.

그래도 알 건 알아야 해서 물었다.

“제로벡터의 뜻이 뭡니까?”

“하하핫, 직설적인 뜻이야 별 의미가 없지. 영어를 할 줄 안다니 대충 짐작이 가겠지만 제로벡터란 말은 원래 수학에서나 쓰는 용어라네. 이를테면 시점과 종점이 같은 물리량을 말하는 것으로, 방향과 크기의 값을 동시에 나타내는 용어지. 이는 어떤 벡터에서도 만족시킬 수 있는 숫자를 말하기도 해. 이를테면 0과 같은 숫자지. 즉, 그만큼 중요한 임무를 맡게 되는 요원에게 붙이는 암호명임과 동시에 세 분 차장님만이 명령권자란 뜻이기도 하네. 우리 세 사람은 전달자일 뿐이고. 다시 말하면 우리도 자네에게 명령을 내릴 권한이 없다는 거지.”

“아니, 직속상관이라면서요?”

“직급으로 보면 그런 셈이지만 임무는 그와는 별개라네.”

"어째…… 들을수록 엄청 부담이 되는 말 같습니다."

"하지만 상부에서 정한 코드네임 자체가 그런 걸 어떡하나?"

"하하핫, 부담이라기보다는 자네에게 거는 기대가 크다고 봐야겠지. 하하하, 우리 역시도 마찬가지고. 이 과장, 안 그런가?"

조재춘에 이어 딱딱해진 분위기를 풀어 보려는지 차민수가 웃음을 머금으며 한마디 내뱉고는 이정식에게 바통을 넘겼다.

"그야 두말하면 잔소리지. 제로벡터란 암호명은 그 무엇에도 얽매이지 않는 리베라(libera : 자유)라 난 부러워 죽을 지경이네. 주어진 임무 외에는 우리처럼 얽매이지 않아서 좋고 또 자잘한 업무까지 살펴야 하는 부담도 없으니…… 한마디로 노났지, 노났어."

"게다가 월급과 수당도 빵빵하게 지급되지."

"맞아! 월급이야 누구나 똑같지만 제로벡터에게 지급되는 수당은 정말 만만치 않은 금액일걸."

"잘은 모르지만 코드명을 가진 요원들 중 최고 금액일 걸세."

"하하핫, 이 과장, 차 과장, 그게 부러우면 육담용 씨 같은 능력을 지니면 돼."

두 사람의 하는 양을 보고 있던 조재춘이 나서더니 정색을 하고는 입을 열었다.

"자, 자, 시간이 그리 많지 않으니 이제 수업에 들어가도록 하지. 약속한 대로 나부터 시작하지."

"알았네. 내일은 내가 맡도록 하지. 수고하게."

"난 모레 토요일 수업 담당이니 그때나 오겠네."

조재춘의 말에 이정식과 차민수가 자리에서 일어섰다.

"육담용 씨, 내일 보세나."

"아, 예. 수고하셨습니다."

헤어질 때가 되어서야 조금은 가까워진 듯 서로의 입가에 웃음이 매달렸고, 마주 잡는 손아귀에도 친근감이 더해졌다.

서로 감정 표현이 다양해진다는 것은 그만큼 가까워졌다는 얘기이기도 했다.

국정원 연수 Ⅰ

연수 첫날, 조재춘의 첫 일성은 국정원의 연혁에 관한 것
이었다.

"육 담당관, 아무래도 앞으로 몸을 담게 될 직장의 연혁부
터 아는 것이 순서겠지?"

"그게 기본이겠지요."

"지금부터는 피교육생으로 대하겠네. 그리고 중간중간 질
문이 있으면 언제든 해도 좋네."

"알겠습니다."

"그럼 시작하지."

조재춘이 시작이란 말과 동시에 빠르게 입을 놀렸다.

"전 국민이 어느 정도 알고 있는 상식이겠지만 대한민국의

국가정보원은 1961년 5.16 군사정변 직후 박정희 대통령에
의해 만들어진 중앙정보부(중정)에 그 뿌리를 두고 있네. 이후
1980년도에 들어 국가안전기획부(안기부)로 명칭이 바뀌었다
가 1999년 '원'으로 격하되면서 현재는 국가정보원이라는 명
칭을 쓰고 있다네."

"......"

조재춘의 첫 일성을 말없이 듣고 있는 담용의 내심은 자연
히 세간에 알려져 있는 국정원에 대한 평소의 인상부터 떠올
리게 했다.

'흠, 대개는 속칭 회사로 불리는 곳에 근무하는 사람들로
인식되어 있지.'

이는 국정원 직원이라면 대부분이 사용하고 있는 호칭이
다.

언론 등지에서 다른 국가기관이나 공공 기관의 임직원은
공무원 혹은 공직자나 관계자 등으로 칭하지만, 이상하게도
국정원 요원이나 재직자는 그런 명칭보다는 그냥 직원으로
부르는 빈도가 높았다.

"음지에서 일하며 양지를 지향한다는 원훈은 국가재건최
고회의에서 제정해 중앙정보부 및 국가안전기획부 시절에
쓰인 첫 번째 원훈이지. 1999년, 그러니까 현 정부 때에 '부'
에서 '원', 즉 국가정보원으로 격하되면서 원훈을 '정보는 국
력이다'로 바꾸었다네."

바인더북

'홋, 2008년에는 현재의 원훈도 '자유와 진리를 향한 무명의 헌신'으로 바뀌지.'

"1995년 이후 청사는 서울특별시 서초구 내곡동에 위치하게 됐으며……."

담용은 여기서 평소 궁금해하던 사항이 있어 입을 열었다.

"저기……."

"말하게."

"이건 이곳에 와서야 궁금해진 사항인데요. 청사의 위치가 너무 노출되어 있는 것이 아닌지요? 국가의 정보를 다루는 곳이라면 어느 국가기관보다 은밀한 곳이어야 할 텐데 여긴 누구라도 알 수 있는 곳이지 않습니까? 달리 이곳을 택한 이유라도 있는지요?"

"하핫, 누구라도 마음만 먹으면 이곳 청사의 위치를 알아내는 것이야 어렵지 않다는 건 알아. 특히나 요즘은 위성사진에도 선명하게 볼 수 있으니까. 뭐, 국방부와 군부대, 청와대 등이 그렇듯 안보 목적을 위해 자세한 주소는 비밀로 취급된다곤 하지만 그 역시 알아내려고 마음만 먹으면 금세 알수 있을 테지. 그러나 이런저런 단점들을 무시해도 좋을 만큼 국정원이 이곳에 자리를 잡은 중요한 이유가 있다네."

"……?"

"옛 안기부 시절인 1995년 남산 청사가 비좁아지자 남산과 이문동 청사를 모두 통합하여 이곳 내곡동으로 이전했지.

다른 곳을 다 놔두고 하필이면 이곳 내곡동으로 이전한 이유가 뭘까? 바로 레이더에 잡히지 않는 넓은 부지가 서울 지역 내에서는 이곳밖에 없었기 때문이라네."

"아아……."

미처 떠올리지 못했던 사실에 담용은 탄성을 내뱉었다.

사실 대한민국에 레이더에 잡히지 않는 지역이 과연 몇 군데나 있을까를 생각하면 이는 그 무엇보다 중요한 사실일 것이다.

"어쨌든 맡은 분야에 따라 청사가 분리되어 있었던 셈인데 세간에 널리 알려져 유명세를 떨쳤던 남산에는 남파 공작원과 좌익 사범의 색출을 담당하는 국내 파트가, 이문동에는 대외, 대북 정보 수집을 담당하는 해외 파트가 소재하고 있었지."

조재춘의 입에서 남산이란 말이 나오자 담용은 그곳이 인권유린과 고문으로 대표되는 단어임을 단박에 알았다.

즉, 대공 수사의 이미지가 상당해서 80년대까지만 해도 일반인들은 '남산에서 나왔습니다.'라는 말 한마디만으로도 벌벌 떨었던 적이 있었기 때문이다.

물론 그 당시는 담용이 실감을 느낄 만한 나이대가 아니어서 책에서 보건 혹은 어른들에게서 들어서 아는 것이다.

당연히 지금 역시도 과거 중정과 안기부 시절 횡행했던 무리한 대공 혹은 공안 수사나 정치 사찰의 공포 때문에 두려

움의 대상이 되고 있는 기관이기도 하다.

고로 지금까지도 평범한 사람들은 국가안전기획부를 외경의 대상쯤으로 생각하게 마련이다.

그런 곳에서 연수라는 것을 받고 있다고 생각하니 뿌듯하면서도 한편으로는 가슴 한구석이 서늘해지는 기분이기도 하다.

"뭐, 육 담당관도 대충 알고 있겠지만 국정원의 이미지가 오늘날까지도 이렇게 나쁜 건 아직 국민들의 마음속에 군부독재 시절의 그림자가 짙게 남아 있다는 뜻이지."

그럴 것이다. 아니, 지금도 그런 경향이 뚜렷한 그 무엇이 있었다.

"저기…… 세간에 떠도는 말이 있는데요. 국정원 인원이 많이 줄어들었다고…… 예산도 많이 삭감되고요. 사실입니까?"

"엉? 그건 어디서 들었나?"

"딱히 정해서 들은 건 아닙니다. 소문의 진원지도 알 수 없고요. 다만 가장 큰 피해를 입었다고 할 수 있는 현 대통령께서 그 때문에 규모를 축소했다는 소문입니다만……."

"이상하군. 차 과장에게 그런 소문이 돈다는 말을 들은 바가 없는데……."

'그거야 당연하지. 향후 모 차장이 기자회견을 하면서 비로소 알게 된 내용이니까.'

시치미를 딱 뗀 담용이 말했다.

"대규모의 감원이라 아무리 입을 틀어막는다 해도 소문이 안 날 수가 없지 않겠습니까?"

"으음, 억울하게 해고를 당했을지라도 국정원에 몸을 담았다면 평생 입에 자물통을 채우는 것은 기본이네."

"국정원 직원이라고 해서 감정이 없겠습니까?"

"하긴…… 해고당한 사람들의 입에서 흘러 나갔을 수도 있겠군."

대공 업무에 차질이 올 정도로 대규모의 인원 감축이 이루어져 졸지에 실업자가 된 이들이 적지 않았으니 조재춘은 그럴 수도 있겠다고 생각했다.

구조 조정 명분으로 한순간에 책상이 없어진 직원이 무려 581명이었으니 어쩌면 웬만한 비밀은 다 새어 나갔을 수도 있었다.

게다가 공안 기관인 대공 경찰 2,500명의 자리까지 없어졌다.

그뿐인가?

기무사 요원 600여 명, 공안 검사 40퍼센트가 자리를 잃기까지 했다.

그런 공백으로 인해 대공 업무에 막대한 차질을 빚고 있는 중이다.

조재춘 역시 현 정부의 이런 조치는 너무 지나친 바가 없지 않다는 생각이었지만 입도 벙긋 못 했다.

"하지만 현 대통령께서 딱히 그런 이유에서 행한 조치는 아니라고 보네. 딴은 이해하지 못할 것도 아니니 말일세."

'하긴…… 입장을 바꿔 생각해 보면 원수가 따로 없지.'

어떻게 보면 권력자의 밑에서 행한 수많은 수치스러운 사건들이 원죄였으니 그 죄를 묻는다면 축소는 어쩔 수가 없는 귀결이라고 볼 수 있었다.

그렇다고 고유의 업무가 있는 한 부서를 통째로 없앨 수는 없다.

"그래서 국정원의 역사가 곧 한국 현대사의 어두운 면이라고 해도 지나친 게 아니라는 말이 나오는 것이지."

"확실히 그 당시 높으신 분들의 뜻에 따라 움직인 것이라 해도 그게 면죄부가 되지는 못할 테니까요."

"그렇지. 이 과정에서 억울하게 죽거나 불구가 되고 또 모든 것을 잃어버린 사람들이 한둘이 아니며 대한민국에 끼친 손실도 매우 큰 것은 절대로 부정할 수 없는 사실이지. 이러한 원죄들을 하루아침에 없애거나 없던 것처럼 부정할 수 있다면 그것이 훨씬 더 문제가 있지 않겠는가?"

"그도 그렇군요."

"하하핫, 이런 대화식의 교육을 원했던 것은 아니지만 나쁘지 않은 것 같으니 육 담당관도 계속 그런 식으로 교육에 임하게나."

"예. 저도 이게 편합니다."

"아무튼 계속하도록 하지. 국정원은 중앙정보부 시절부터 쭉 대통령 직속 기관이라네. 대통령이 지시하는 일만 하고 보고하면 되는 대통령 직속 기관이므로 다른 정부 부처와 협의할 필요도 없고 국무회의 출석권도 없어. 또 비상사태나 안보회의가 열릴 경우에는 출석은 하지만 의결권은 없는 부서지."

'어째…… 국정원이란 부서가 꼭 대통령의 꼭두각시라는 말처럼 들리는군.'

"기실 국정원 직원은 채용이 되면 매년 8월부터 출퇴근하면서 각 분야별로 직무 교육을 받네. 근무 부서를 보면 국내정보반, 해외정보반, 북한정보반, 공작반, 수사반, 심리전반, 통신반 등 세부 직렬로 나뉘지. 즉, 작전에 임할 때는 각 반의 공조 체제가 얼마나 유기적으로 돌아가느냐에 따라 임무의 승패가 좌우된다고 보면 되네. 다시 말해서 현장에서 발로 뛰는 영업 전문가와 기획을 담당하는 전략 전문가 그리고 각 분야에서 가려 뽑은 전문 서포터들의 협조가 없으면 누구라도 임무를 수행하기 불가능한 구조라는 것이지."

"거기에 정부 각 부처 혹은 경찰 검찰 같은 수사기관들 역시 협조 체제가 구축되어 있을 것이고요."

"그럴 때도 있긴 하네만 가능하면 독자적 해결을 원칙으로 하고 있네. 먼저 교육생들의 국내 정보 직렬의 경우를 말하자면 면담 유출 기법 실습을 위해 아무런 연고가 없는 인사와 만나서 특정한 정보를 알아내 오는 과제를 주는데 미행이나 감시하는 요령 그리고 도청기, 녹음기, 몰래카메라 등 채증의 장비 사용법과 공작망의 구성 및 유지 같은 것이네."

"채증이 무슨 뜻입니까?"

"아, 채집한 증거를 뜻하네."

담용이 고개를 끄덕이자 조재춘의 말이 곧바로 이어졌다.

"다음은 국가정보원이 하는 일에 대해 알아보도록 하지. 사실 국정원이 하는 일은 정보기관의 특성상 아무리 좋은 일이건 나쁜 일이건 웬만큼 큰일이 아니면 제대로 나오지도 않고 또 나와서도 안 되는 일이라는 것을 알아야 하네."

어떤 것을 보고 듣든 입에 자물쇠를 채워야 하는 것이 기본이라는 걸 이해한 담용이 대답했다.

"염려 마십시오. 그 부분은 특전사 시절에도 귀가 따갑게 듣고 훈련해 왔으니까요."

"알아. 그래서 국정원에서는 그런 여러 가지를 감안해 군출신들을 많이 뽑는다네."

'하긴 공채 출신과 외부 영입 출신들이 뒤섞여 있다는 것도 군대에 있을 때 들었지.'

간혹 특전사 출신 선배들이 국정원에 들어가는 경우를 보기 했었다.

"알는지 모르겠네만 국정원은 외부 출신 인사가 다른 어느 중앙 부처보다 많다는 평을 듣는다네. 특히 국정원장과 차장, 특보 등의 정무직은 거의가 외부 출신의 차지라고 보면 되네."

"예⋯⋯."

아마도 각 정당 출신의 언론인, 외무공무원, 경찰 등으로 이루어진 배경일 것이다.

"이를테면 대공 수사를 지원하기 위해 파견되는 검사들 중에는 고위직에 발탁돼 본직인 검찰보다 국정원 맨으로 인식되는 사람들도 있지. 뭐, 실무직에도 외부 출신이 적지 않은데 과거의 실세였던 군에서 옮겨 온 사람들도 더러 있다네. 특히나 해외 파트 실무진에는 군 출신 인맥이 많이 포진되어 있다고 보면 맞는 말일 걸세."

'쩝, 기억의 저편에서 제대하자마자 국정원의 문을 두드려 볼 걸 그랬나?'

확신이야 못 하지만 입사가 가능하지 않았을까 하는 마음이다.

그랬다면 '고생을 덜했을 것을.' 하는, 이미 의미가 없어진 생각일지언정 그런 마음이 들긴 했다.

"국정원은 중앙정보부 시절부터 주적 북한은 물론 세계 각국 정보기관과의 정보전 및 첩보전을 수행해 왔다네. 즉, 대한민국의 국익이 관련된 일이라면 국내 혹은 해외의 각종 정보를 수집, 분석, 재가공하는 것이 주 임무라네. 여기에 더해

마피아와 같은 해외 범죄 조직과 총기와 마약의 국내 침투 방지는 물론 외국과의 협상이나 기업의 해외 진출 시 보이지 않는 곳에서 지원하며 지금 이 순간에도 이러한 노력은 계속되고 있다네."

"……!"

조금은 놀라는 눈치를 내비치는 담용의 기색을 본 조재춘이 얼른 말을 이었다.

"흠, 육 담당관의 이해를 쉽게 하기 위해서 우리가 지금 하고 있는 공작 중 한 가지를 예를 들어 보도록 하겠네. 물론 이 역시 비밀은 지켜야 하는 부분이네."

"거듭 말씀드리지만 그런 것에 대해선 염려하지 않으셔도 됩니다."

누누이 비밀임을 강조하는 조재춘의 말이 마치 그렇게 말해야만 하는 의무인 것 같아 담용도 정색을 하고 대답했다.

만약 비밀이 새어 나가는 일이 다반사로 발생한다면 정보기관으로서의 역할을 상실했다고 볼 수밖에 없는 일이니 이만큼 중요한 일도 없을 것이다.

"좋으이. 먼저 국정원은 대한민국의 국익을 위해서라면 일반인이 전혀 상상할 수 없는 일까지 해낸다는 점을 잊지 말게나. 여기서 한 가지 묻지."

"……?"

"2002년도에 우리나라의 가장 큰 행사라고 할 수 있는 게 뭔지 아는가?"

"그야…… 월드컵 축구겠지요."

너무도 큰 행사라 국민들 대다수가 모를 수가 없는 일이다.

비록 일본과 나누어서 개최하는 월드컵 대회지만 그렇다고 색이 바래는 것은 아니어서 대한민국 최대 행사라 해도 모자라지 않았다.

"맞네. 자네 혹시 터키라는 나라를 알고 있나?"

"터키요?"

"그러네. 안다면 어느 정도 알고 있나?"

"글쎄요."

미국이나 일본, 중국을 제외하고 나면 터키는 2002년 월드컵으로 인해 상당히 친숙해진 나라라 제법 알고 있는 축에 속했다.

기억의 저편에서 월드컵 행사를 직접 겪었던 세대라면 그 연유야 어찌 됐든 터키가 코리아와 형제의 나라라는 것쯤은 다 안다.

그렇다고 깊이 아는 것은 아니었고, 터키가 대한민국을 짝사랑해 왔다는 것을 신문에서 본 적이 있는 정도다.

하지만 아직 2002년이 도래하지 않은 상황이라 조재춘이 원하는 대답은 따로 있을 것으로 여겨 담용은 고개를 저었다.

바인더북

실제적으로도 국사책 그 어디에도 연관성에 대한 언급이 없지 않은가?

"잘 모릅니다만……."

"하하핫, 그럴 걸세. 우린 지금 2002년 월드컵에 대비해 터키가 우리 대한민국과 형제의 나라라는 점을 대대적으로 알리기 위해 공작을 하고 있는 중이라네."

"예? 혀, 형제의 나라요?"

대충 알고는 있지만 모른 척하며 반문하는 담용이다.

담용이 눈을 휩뜬 것은 그런 것이 공작을 한다고 해서 되는 일이냐는 의문 때문이었다.

"그렇다네. 공작이라고는 하지만 근거가 아주 없는 데서 뚝 떼서 하는 건 아니지. 본시 터키와 형제의 나라라고 칭해진 건 먼 옛날 고구려와 돌궐 간에 이루어졌던 외교에서 이뤄진 산물이라네."

"도, 돌궐요? 터키가요?"

"하하핫, 나도 돌궐이 터키의 한자식 옛 표기라는 것을 공작을 하면서 알게 됐다네. 그들 말로는 투르크라고 하지."

"아아, 예."

투르크라면 투르크 전사로 유명해 들어 본 적이 있던 담용도 고개를 끄덕여 알은체를 했다.

"고구려와 터키는 당시에 친밀한 외교를 나누고 귀족 계층과 왕족 계층 간의 혼인 외교 등도 이루어졌었지. 또 긴밀한

친선 외교와 교역 등을 통하는 과정에서 양측의 외교 서신에는 직접적으로 형제라는 언급이 있었다는 기록이네. 해외 담당인 이정식 과장이 근자에 터키를 빈번하게 다녀오곤 하는데 꽤 놀라운 걸 보고 느꼈다더군."

"……?"

조재춘의 말을 들은 담용의 고개가 갸웃했다.

왜냐하면 2002년 난데없이 불거진 터키와의 형제국 운운한 것에 신문 기사를 읽어 본 것과는 다른 내용이었기 때문이다.

신문 기사에 기술된 돌궐의 역사를 조금이라도 들여다본 사람이라면 누구라도 담용처럼 고개를 갸웃거리게 될 것이다.

옛 돌궐은 동서로 분리되는데 고구려와 직접적으로 접촉한 세력은 동돌궐이며, 멸망 후 서쪽으로 이주해 간 투르크족은 서돌궐에 속한다.

즉, 고구려와의 접촉은 동돌궐과 이후의 후돌궐을 지칭하는데, 현재 터키를 세운 투르크계 오우즈족이 고구려와 관계를 맺었을 확률은 희박해 보인다는 것이 역사학자들의 견해여서다.

심지어 오우즈족에 속했던 일부 부족은 당나라가 고구려를 공격할 때 당나라와 동맹을 맺은 세력들로, 오히려 고구려의 적이었던 셈이다.

그것이 정사라면 이 역시 날조에 가깝다고 봐야 한다.

담용은 굳이 긁어 부스럼 만들 필요를 느끼지 않아 입 밖에 내지는 않았다.

뭐, 국정원이 그런 공작을 하는 데는 그만한 이유가 있을 테니 말이다.

"지금도 대한민국을 대하는 터키의 관점은 형제의 피가 이어진 나라라는 것일세."

"아, 우린 터키를 생각지도 않는데도 말입니까?"

정말 그렇다면 터키 쪽의 역사는 우리와는 달리 해석하고 있는 모양이다.

"그러니 놀라운 일이 아니겠나?"

"정말 놀랍군요."

그도 그럴 것이 우리 국사 교과서에는 터키와 형제 국가 운운은커녕 그 연관성에 대해 단 한 줄도 나오지 않기 때문이다.

그야말로 짝사랑이란 말이 딱 들어맞는다.

"터키가 국민들에게 역사교육을 시키는 과정에서 많이 강조한 모양이군요."

"그런가 보더라고. 이 과장이 말하길 미안하고 창피할 정도라고 했으니까."

"으음, 이해가 갑니다."

담용은 월드컵 당시 터키가 경기에 임할 때마다 대한민국에 대해 엄청난 호의를 보이던 터키 국민들이 떠올라 정사가 무엇이든 간에 수긍할 수밖에 없었다.

"본론으로 들어가서 터키는 1949년 대한민국을 정식 국가로서 인정했으며 이후 1950년에 일어난 6.25 동란에도 유엔군으로서 5,400명의 군인을 파견해 참전했다네. 미국을 제외하면 가장 많은 군인을 참전시킨 나라지."

"그것만 보더라도 형제 국가를 운운할 수 있는 여지가 있겠는데요?"

"그렇지. 모든 걸 다 동원해서 국민들에게 인식을 시켜야지. 또한 이를 근거로 터키와 좀 더 구체적이고 보다 확고한 관계를 정립하고자 이미 문화 · 예술계의 협조를 받아 예술가들을 파견했다네. 만약 작가들의 손을 거쳐 책이 출판된다면 '터키는 형제국'이라는 제목쯤 되지 싶은데…… 하하핫."

"아!"

탄성을 발하는 담용은 그제야 뭔가 머리에서 정리가 되는 기분이었다.

2002년 월드컵 때와 그 이후 터키와의 관계를 떠올려 보니 그중 조금은 뜬금없다 싶었던 일이 바로 '대한민국이 터키와 형제국'이라는 말이었다.

뭐, '터키는 형제국'이라는 책이 출판됐는지는 모르겠지만 이런 사실 자체가 국정원의 물밑 작업으로 이루어진 작품이라는 점은 놀라운 일이 아닐 수 없다.

'이건 뭔가 노림수가 있는 것 같은데…….'

그렇지 않고서야 국정원이 이토록 신경 쓸 리가 없다.

단순히 월드컵을 성공적으로 개최하기 위한 홍보 차원에서라면 굳이 터키라는 한 국가만을 상대로 할 이유가 없는 것이다.

"저기…… 월드컵을 통해 터키와 더 가까워질 만한 일이 있는 것 같군요."

"하핫, 예리하군. 모두 국가의 이익 차원에서지. 지금 우리나라는 터키와의 무기 수출 건에 대해 논의를 하고 있는 중이라네. 이를 성사시키기 위해서는 양국 간의 우호 증진은 필수지. 때마침 2002년 월드컵에 터키가 출전할 것을 굳게 믿고, 아니 출전할 수 있도록 수단과 방법을 가리지 않을 작정이지."

'당연히 출전하지.'

그것도 4강 안에 들어 3위를 차지한다.

하지만 지금은 대륙별로 아직 본선 진출이 확정되지 않은 시기였다.

"그게 가능하겠습니까?"

"가능하도록 만들어야지. 방법은 많으니까."

"예를 들면요?"

"하핫, 그리 어려운 일은 아니야. 전지훈련이나 A매치를 가질 수 있도록 자금을 지원한다든가 아니면 예선 상대의 정

보를 빼내 제공한다든지 하는, 또는 터키 경기에 엄청난 응
원단을 꾸며 응원을 한다든지 하는 간접 지원 같은 것들이
지. 더 이상의 것은 나도 알 수 없다네. 담당자인 차 과장이
라면 더 알고 있을지도 모르지만…….”

“아, 예…….”

담용은 터키와 월드컵 3, 4위전에서 만난 것이 결코 우연
이 아니라는 것을 알았다.

담용은 2002년 6월 29일 대한민국과 터키의 월드컵 3, 4
위전의 감동을 또렷하게 기억한다.

터키의 국가가 울리자 엄청난 환호와 더불어 등장한 초대
형 터키 국기.

‘형제의 나라’라는 자막과 함께 두 나라 간의 절절한 사연
이 흐르고, 이 모든 상황이 카메라에 담겨 전 세계에 생중계
됐던 것이다.

비록 3 대 2로 터키가 승리했지만 외신들은 이날의 경기를
세상에서 가장 아름다운 경기였다고 보도했다는 것도 기억
이 났다.

‘하! 이게 다 국정원의 공작에 의해서란 말이지.’

그것도 무기를 팔기 위한 방편으로 말이다.

‘어쨌든 대단하네.’

무엇이든 그냥 저절로 되는 법은 없다.

또한 공과 없는 공짜 밥 역시 없다는 말이 절로 떠오를 정

도로 그 노력들이 참으로 눈물겹고도 치열했다.

한편으로는 꼭 그렇게까지 해야 하나 싶지만 국가적인 프로젝트에 온갖 석학들이 동원되어 짜낸 계획일 것임을 감안하면 안쓰럽기까지 하다.

기실 담용은 몰랐지만 국방부의 협조를 받아 터키 경기에 대규모의 응원단으로 근처 군부대가 동원된 일과 대형 터키 국기 제작 기한을 엄청나게 빨리 앞당긴 것 또한 국정원의 작품이었다.

그 덕분에 한국과 터키 관계는 매우 좋아져서 10년 후 한국 무기를 가장 많이 구입하게 된 나라가 바로 터키였다.

"우린 터키에 무기를 팔아먹기 위해서라면 그들에게 그 어떤 지원도 아끼지 않을 것이네. 흠, 다음은…… 우리가 하는 일 중 일반인들이 생각하기에 좀 뜬금없다 싶은 일을 한 가지 더 알려 주도록 하지. 육 담당관, 자네도 수능 세댄가?"

"아니요. 1991년도였으니 대학 입학 학력고사였지요."

수능, 즉 대입수학능력시험은 1994년부터 시작됐던 것이다

"아아, 그랬겠군. 우리 국정원은 심지어 대학수학능력시험에서도 한몫하고 있다네."

"예? 그게 무슨 말……."

조재춘의 말에 담용의 뇌리로 얼핏 든 생각은 할 일이 그렇게 없나 하는 것이었다.

"하하핫, 일단 들어 보게. 수능시험 출제위원들을 한장소에 모아 놓고 감독 및 감시하는 역할을 국정원에서 전담을 한다네. 심지어는 출제위원 선발 공문을 국정원 직원들이 직접 가져다주기까지 하지."

"헐! 직접 전달한다고요?"

"그렇다네. 2급기밀이라 등기로 보낼 수 없기 때문이지."

"……!"

'거참, 그런 일까지 한다니?'

드라마나 영화에 보면 CIA나 국정원과 같은 정보기관은 검은 양복을 입은 사람들이 좌충우돌 총질하면서 사건들을 해결하는 조직과 같은 이미지인데 반해 너무도 동떨어진 일을 하고 있는 느낌이 와락 들었다.

담용의 기색을 알아차린 조재춘이 실실 웃으며 말했다.

"하하핫, 해외 파트의 블랙 요원이 아닌 이상 국내에서 총질을 할 일은 없다네."

"하하, 그러게요. 제가 너무 환상에 사로잡혀 있었던 것 같습니다."

"뭐, 육 담당관만 그런 생각을 하는 건 아니니까. 정보기관은 어디까지나 정보를 수집하고 그 정보를 먹기 쉬운 형태로 분석, 재가공하여 이를 필요로 하는 곳에 넘기는 것이 본연의 임무라 할 수 있네. 이를테면 청와대나 군 혹은 검찰 및 해당 정부 부처 등이지."

"하면 국정원에서는 문제를 발견해도 단지 증거와 용의자의 현 위치만 확보하고 그걸 몽땅 관할 관청이나 지방검찰청으로 넘겨 버리는 것이 임무의 끝이란 말입니까?"

딱!

"바로 짚었네."

조재춘이 손가락을 튀기며 방아깨비처럼 고개를 끄덕였다.

"하! 그럼 국내에서 근무하는 한은 스릴을 느낄 만한 기회가 없다는 말이군요."

"어허! 우리나라에서 총질이 가당키나 한 일인가? 그런 사태는 없을수록 좋은 거지."

"하핫, 그렇군요."

"만약 그러고 싶다면 블랙 요원이 돼야겠지. 물론 육 담당관이야 얼마든지 기회가 있을 테지만 말일세."

"하하하, 그야말로 음지에서 양지를 바라보는 조용한 존재, 그 이상도 그 이하도 아니로군요."

"정확한 표현일세. 우리가 그러는 데는 분명한 이유가 있네. 군대나 정보기관 같은 막강한 집단이 자신의 본분을 잃고 이리저리 나서기 시작하면 얼마나 많은 폐단이 일어나는지를 잘 알기 때문일세. 지나온 역사가 그랬고 또 현재도 그렇지. 또한 세계의 여러 나라들의 예를 보면 잘 알 수 있지 않은가?"

맞는 말이다.

가장 대표적인 예로 군사로는 5.16 군사정변을 들 수 있었고, 정보로는 12.12 군사 반란을 들 수 있다.

그냥 12.12는 군사 쿠데타지만 쿠데타의 과정에서 보안사령부의 정보가 아주 큰 역할을 했기 때문이다.

이후 보안사령부가 중앙정보부를 장악하여 정보를 틀어쥐고 싸웠으니 무적인 셈이다.

물론 육본 세력의 미진한 조치도 단단히 한몫을 했지만 말이다.

'후후훗, 그래도 조용한 존재만은 아니지.'

다름 아닌 대공을 이유로 독자적인 수사권을 가지고 있는 상황이지 않은가?

이는 국가보안법과 더불어서 지속적인 논란 및 지탄을 빚는 이유가 되기도 했다.

"너무 더우면 잠시 쉬었다가 할까?"

"저야…… 아아, 물도 미지근해졌으니 잠시 안에 들어갔다가 땀이나 식히고 나오지요."

"그러자고. 오늘이 올해 들어서 가장 더운 날 같군."

"확실히 땀을 많이 흘리는군요."

"열이 좀 많은 편이네."

"참! 교육받는 동안 집에서 출퇴근해야 합니까?"

"천만에. 기간이 짧아 그럴 시간이 없네. 숙소를 마련해 놨으니 거기서 자도록 하게. 우리 역시 같이 생활하면서 수시로 교육을 시켜야 하니까."

"윽, 저 때문에 집에도 못 들어간단 말입니까?"

"아, 셋이서 돌아가면서 하는 거니까 괜찮네."

"후우, 제가 과연 그렇게까지 할 가치가 있는 인물인지 잘 모르겠습니다."

툭툭툭.

"그런 말 하지 말게. 우린 지금 초능력자를 얻은 마당이라 천군만마를 등에 업은 기분이니까. 자, 자. 시원한 에어컨 앞에서 몸이나 식히고 나오자고."

"정리가 됐으면 안에서 하도록 하지요. 날이 너무 덥습니다."

"하하하, 그럴까?"

BINDER
BOOK

국정원 연수 Ⅱ

잠시의 휴식을 취한 담용과 조재춘은 아예 강당이라는 널찍한 장소를 택해 마주 앉았다.

"자, 다음은 해외 정보 수집의 경우인데…… 우리 대한민국 정부도 해외에 간첩을 내보낸다면 믿겠나?"

"북파 간첩 같은 것 말입니까?"

"그건 좀 극단적인 표현이라 할 수 있겠군. 내 말은 신분을 위장하여 다른 국가에 잠입해 정보활동을 하는 것을 의미하네."

"그들이 블랙 요원들이로군요."

"그렇지. 여기에 놀라운 사실이 하나 있는데 그게 뭔지 아나?"

"……?"

"모 기밀문서에 따르면 미국 정부와 군사, 과학기술, 정보 분야를 상대로 첩보를 수집하는 최대 위협국 10개국을 꼽았던 적이 있었는데 그중 하나가 우리나라라는 거야."

"그만큼 능력이 출중하다는 거겠지요. 다른 나라들은요?"

"중국, 러시아, 쿠바, 이란, 파키스탄, 북한, 베네수엘라, 이스라엘 그리고 프랑스라네."

"하하핫, 어째 말씀하시는 투에 자부심이 묻어 있는 것 같습니다."

담용의 말대로 조재춘의 얼굴에는 은연중에 피어오르는 자부심이 배어 있었다.

"어? 그렇게 티가 나나?"

"하하핫, 오히려 보기 좋은걸요. 아무튼 정보 분야의 역량이 그만큼 대단하다는 뜻이라는 건 알겠는데 그 와중에 그만한 희생이 없을 수는 없겠지요?"

"불행히도 희생은 피할 수 없었네. 게다가 요즘은 블랙리스트에 오르는 통에 그만큼 경계가 심해서 블랙 요원들의 일이 더 어려워졌다네."

'하긴 하나를 얻으면 하나를 양보해야 이치에 맞지.'

모두가 좋을 수 없다는 것은 진리나 마찬가지다.

"해외 정보 수집에 대해서는 각국마다 조금씩 차이가 있기에 별도로 마련된 프로그램에 따라 교육받도록 하고 다음으로 넘어가지. 다음은 대북 정보 수집 편이네."

"제가 상식적으로 알고 있는 수법은 아니겠지요?"

"하하하, HID나 UDU 같은 부대 말인가?"

"예."

담용이 알고 있는 UDU나 HID는 정보사령부 소속으로 북한의 정보를 습득하는 부대다. 다만 UDU는 해군 소속이고 HID는 육군 소속이라는 점이 다를 뿐이다.

"뭐, 그런 면도 없지 않지만 근본적으로 다르네. 대북 정보 수집이라고 해서 꼭 북한에만 간첩을 보내서 알 수 있는 건 아니니까 말일세."

"하면……?"

"우린 북한 인사들을 포섭하기 위해 수년에서 수십 년까지 투자한다네. 예를 들면 아프리카, 동남아, 유럽 등에서 활동하는 기업인, 외교관 등의 북한 인사들에게 접근하지. 물론 이때 당연히 가지각색의 신분으로 위장하는 것은 기본이고. 접근하게 되면 조심스럽게 신뢰를 쌓아 올린다네. 이런 일련의 과정에서 도청, 매수 등을 활용할 수 있고, 또 이들이 떠들고 다니는 사소한 말이 국내에 잠입해 있는 북한 간첩을 잡는 단서가 되기도 하고 또는 북한 최근 동향을 파악하는 실마리가 되기도 하지."

"아프리카까지 거론할 필요도 없이 중국에서의 활동도 만만치 않겠는데요?"

"당연한 얘기네. 특히 중국의 동북 3성은 지금 현재도 치열한 첩보전이 벌어지고 있는 중이라네."

"주로 어느 나라들입니까?"

"우리나라를 비롯해 대만과 미국 그리고 러시아에서 정보원을 보내기 때문일세. 첩보원은 우리 국정원 요원 외에도 북한 인권 운동가, 선교사, 잠입 취재기자 등이 신분을 숨기고 동북 3성을 오가기도 한다네."

"국교야 수립됐다고 하지만 아직은 활발한 교류를 하는 것은 아니지 않습니까?"

"후우, 그래서 어려움이 많다네. 향후 육 담당관에게 기회가 오면 현장에 가서 직접 느껴 보게나."

"그러지요."

"기왕 말이 나왔으니 중국에 대해 좀 더 알아보도록 하지. 가장 먼저 알아야 할 것은, 동북 3성에 체류하는 한국인은 서로 정확한 직함을 묻지 않는 것을 불문율로 여긴다는 것일세."

"이유가……?"

"말 못 할 사정으로 건너온 사람이 많아서 그러려니 하는 것이지만 기실은 중국 공안 당국 때문일세."

"흠, 정체를 숨기기가 쉽지 않을 텐데요."

워낙 닫힌 사회이기 때문에 인원의 통제가 너무 쉬워서다. 그렇게 넓은 땅임에도 숨을 곳을 찾기가 쉽지 않은 나라가 바로 중국이기에 하는 말이기도 했다.

"맞아. 공안 당국이 기가 막히게 이들의 실체를 파악하지. 특히 우리 측 정보 요원은 거의 저쪽 손바닥 위에 있다고 보면 돼. 하지만 즉각 추방하거나 하지는 않아. 그 이유가 뭔지 아나?"

절레절레.

"후후훗, 좀 치사한 방법인데 그게 참 효과적인 방법이라서……."

"이유가 뭡니까?"

"나중에 한국에서 활동하다 체포되는 자국의 정보 요원과 교환하기 위한 용도로 필요하기 때문이라네."

"아……."

"크크큭, 세간에 알려지지 않아서 그렇지 이런 사례가 여러 번 있었지. 앞으로도 계속 있을 수밖에 없을 것으로 보이네."

"하면 동북 3성에서 활동하는 정보 요원이나 목적을 숨기고 머무르는 한국인은 모두 중국 공안 당국의 눈에는 필요악이라고 해도 과언은 아니겠군요?"

"바로 그거지. 그래서 작금에 와서는 특단의 해결책이 필요한 시기이기도 해. 이유는 동북 3성에 머무르는 주목적이 북한의 동향이나 정보를 취합하는 일임에도 불구하고 엉뚱하게도 그것과는 전혀 관계없는 인질 교환의 대상감이 되어 가고 있으니 말일세."

"이를테면요?"

"마약이네."

"헛! 마, 마약요?"

"그래. 좀 껄끄럽다 싶으면 우리 요원을 즉결 총살이 가능한 마약범으로 덮어씌우는 거지."

"헐!"

중국으로서는 하등 손해 볼 것이 없는 한국인들이다.

무슨 명목으로든 죄를 덮어씌워 자기들 요원이 간첩죄로 잡히면 한국인에게 똑같은 죄명을 만들어 교환하면 그만인데 마약범이라면 겁을 주기에 딱 알맞다.

아직은 수교만 한 상태에서 전체적으로는 별로 진전이 없는 교류 관계이다 보니 더 그렇다.

뭐, 사업가들이야 빈번하게 드나들기 시작하는 상태지만 말이다.

"참 옹졸하군요."

"하하핫, 땅만 컸지 소인배들만 득실거리는 나라지. 자, 이번엔…… 아! 산업스파이를 색출하는 일도 국정원의 몫이라는 것을 알아 두게."

"그런 일까지 합니까?"

"대단히 중요한 일 중 하나라네. 1990년대 후반부터는 시대의 흐름에 맞추어 산업스파이 색출에도 힘을 써 왔는데 이

걸 경찰이 아닌 국정원에서 잡아내는 이유는 정보기관에서 위장 요원을 근처에 잠입시켜 잡아야 증거가 나오기 때문이라네."

"아아……."

"혹시 외국에 산업 기밀을 빼내 팔려다가 잡힌 기사나 뉴스를 본 적이 있는가?"

"예, 있습니다."

"훗! 거의 대부분 국정원 조사로 꼬리가 잡힌 것이라 보면 되네."

"……!"

"그런 산업스파이 한 명을 잡으려고 몇 달 뛰어다니는 건 다반사지. 용의자 한 명을 잡기 위해 1년을 관찰한 끝에 체포한 일이 있는데 이를 위해 여성 요원 한 명이 그 회사에 여비서로 위장 취업하고 남성 요원 한 명이 인근 세탁소 직원으로 위장 취업을 하지 않았겠나? 하하핫."

어째 웃는 모습이 허탈에 가깝다는 느낌이 든다.

"예를 한 가지 들어 볼까? 모년 모월에 반도체 관련 Y사에서 산업스파이를 잡아낸 적이 있었네. 첩보 내용은 '서울 염곡동의 H사에 있는 M 씨가 Y사의 핵심 기술을 빼돌리려한다'는 정도 외에는 아무런 정보나 증거가 없는 상황이었지. 이때부터 꽃가게 배달원, 주차장 관리원, 음식점 점원 등으로 위장한 요원들이 M 씨의 주변을 감시하기 시작했지.

특히 여성 요원인 J 씨의 활약이 컸는데, 바로 옆 사무실의 직원으로 위장해 용의자들에게 살갑게 접근한 것이 결정적인 역할을 했다네. 확실하고도 결정적 첩보를 낚아 왔으니까 말일세."

"잡았습니까?"

"당연하지. 용의자들은 그녀가 옆 사무실 아줌마인 줄로만 알았지 국정원 여직원이라고는 상상도 못 했으니까. 용의자들은 기술을 유출해 해외에 공장을 세우기로 했고 용의자 중 한 명이 김포공항을 통해 출국하려고 할 때 바로 M 씨를 체포할 수 있었지."

'젠장할. 자칫했다간 잠복근무한답시고 똥지게를 질 수도 있겠네.'

아무튼 예를 하나씩 들어 가며 설명해 주니 귀에 쏙쏙 들어오긴 했다.

"마약도 우리가 취급하는 품목 중 하나일세."

그 말을 내뱉는 조재춘의 표정에 국정원은 마약 관련 수사에도 이바지한다는 자부심이 깔려 있는 듯했다.

"국정원 요원이 마약 관련 국제회의에 한국 대표로 참석하기도 한다네. 검찰이나 경찰의 마약 수사관들에게 신종 범죄 수법과 유통 방식을 교육하기도 하지. 고로 마약이 국제범죄화한 뒤 경찰의 마약 수사는 상당 부분 국정원에 의존하고 있다네. 우린 책상에서만 마약을 막는 것이 아니라 마약 첩보를 수집하기 위해 심부름센터에 잠입 및 취업하는 것도 불사하는 적극성을 현장에서 보여 준다네."

"지금 말씀하신 것들을 다 배우고 익혀야 합니까?"

"후후훗, 그렇게만 할 수 있다면 얼마나 좋겠나? 아, 보통 사람이라면 죽을 때까지 배우고 익혀도 불가능하지만, 초능력자인 자네는 또 모르겠군."

"에이, 저라고 별수 있겠습니까?"

"내가 좀 알아봤는데 초능력자들의 공통점이 뇌가 보통 사람들보다 훨씬 활성화되어 그런 능력이 생겼다고 하더군. 맞나?"

"어? 그건 저도 잘 모르는 문젠데요? 무슨 말입니까?"

담용은 정말 몰라서 묻는 것인데 조재춘의 눈초리가 가늘어지면서 가자미눈으로 변했다.

"진짭니다. 그런 걸 가지고 거짓부렁해서 뭔 이득이 있다고……."

"정말 모른다면 한번 알아볼 필요가 있겠군. 그건 다음에 이야기하고, 넘어가세. 다음은 사이버 보안 문젠데…… 이건 아직 우리도 초보 단계라 말해 줄 것이 많지 않다네."

'훗! 컴퓨터라면 나 역시도 어리바리하긴 하지만 당신보다는 나을 거야, 후후훗.'

속으로는 웃음이 나왔지만 시치미를 딱 뗐다.

"그건 저도 처음 듣는 용어이니 다음으로 넘어가죠."

"그냥 넘어가기보다는 상식으로라도 알아야 해. 짬이 나면 전문가를 붙여 줄 테니 조금이라도 알아 놓게. 젊은 자네들이 알아야지 우리 같은 구닥다리들은 들어도 돌아서면 잊어버리는 용어들만 즐비하더군."

담용도 한때 그랬으니 참 공감이 가는 말이다.

"하하핫, 알겠습니다."

"끙. 도메인이니 뭐니 하는데 당최 알아들을 수가 있어야지."

"도메인이라면 인터넷상의 컴퓨터 주소를 말하는 건데 그건 명함에도 있지 않습니까?"

"그 정도야 알지만 배울수록 용어들이 낯설어서 영 친숙해지지가 않아."

"하하핫, 처음엔 누구나 그런 마음이 드는 것이니 상심하지 마십시오. 차차 익숙해질 겁니다."

"쩝! 그리고 우리 국정원도 만능이 아님을 알아야 하네. 즉, 업무 범위에 한계가 있다는 말일세. 달리 말하면 국가정보원이 일반인이 상상할 수 없는 범위까지 정보력을 발휘하기는 하지만 모든 분야를 다 수사하는 것은 위법이란 말이지."

"제도적으로 묶인 것도 있단 말씀이시군요."

"그렇지. 국가정보원법 제3조 제1항 제1호에 의해 정보 수집 활동의 범위에 관해 국외 정보 및 국내 보안 정보 그러니까 대공, 대정부 전복, 방첩, 대테러 및 국제범죄 조직으로 제한된다는 말이네. 그러니 아무 사건이나 뛰어들어 해결하려 들면 안 되는 거지. 꼭 명심하게나."

"예, 명심하지요."

"에, 또…… 마지막으로 국정원 요원들에 대해 간략하게 일러 주겠네. 이건 상식으로 알아 놔야 나중에 자네가 업무를 할 때 도움이 될 수도 있으니 말일세."

"귀담아듣겠습니다."

"국가정보원도 정부기관이므로 근무하는 직원들은 모두 특정직 공무원이라는 거지. 공개 채용은 국가정보원 7급 공무원 공채 시험을 통해 선발되고 대다수의 국정원 신입 사원은 자연적으로 특정직 7급 공무원 신분이 되는 걸세. 월급명세서까지 비밀이라 채용 인원의 공개도 없지. 덕분에 담당 몇몇을 제외하고는 대체 몇 명을 뽑는 건지 알 수 없다네. 나역시도 마찬가지고."

"저 같은 경우도 많을 것 아닙니까?"

"적지는 않지. 아! 그렇다고 파벌이 존재하거나 하는 것은 아니니 그런 염려는 하지 않아도 되네."

공채와 특채 혹은 낙하산 직원들 사이의 관계를 말하는 것이다.

"정보부에 그런 파벌이 존재하다면 애초 존재하지 아니함만 못하니 그 문제만큼은 각별히 주의해야 하네."

"예. 저 역시 혐오스러워하는 부분이니 염려하지 않으셔도 됩니다."

담용은 자신이 국정원 직원으로 발탁된 것이 얼마나 대단한 일인지 아직 실감을 하지 못하고 있었다.

막연히 초능력 덕분이라고는 여겼지만 5급 사무관 신분이 밤하늘의 별을 따는 것만큼이나 어렵다는 것까지는 알지 못했다.

그 이유를 잠시 언급해 보면, 한마디로 국정원 7급 공채 시험은 평범한 7급 공무원 시험과는 격이 완전히 다르다는 점부터 차이가 난다.

이 때문에 일부에서는 국정원 공채 시험을 아예 경찰 간부 시험 혹은 공인회계사 시험 같은 '준準고시'로 쳐주기도 할 정도로 어렵다고 한다.

전형도 복잡해서 매년 6월까지 원서 접수를 거쳐서 12월은 되어야 끝이 난다.

그것만으로도 서류 전형이 상당히 높은 기준으로 되어 있는 것만은 확실하다.

응시자는 당연히 4년제 정규대학 출신이어야 했고, 학점과 어학 성적을 대단히 까다롭게 본다고 알려져 있다.

토익 930점 이상에 가산 자격증 2개 정도를 갖추는 것은 기본이다.

필기시험 역시 소위 똑똑하다는 SKY급 대학 졸업자들이

득달같이 몰려드는 시험이라 체감 경쟁률은 높을 수밖에 없다.

공부만 잘해서 되는 것 또한 아닌 것이 체력 검정이 필수여서 윗몸일으키기, 오래달리기, 팔굽혀펴기, 서전트 점프 등이 기준에 미달되어서는 곤란했다.

즉, 허약 체질은 탈락할 수밖에 없다는 것이다.

면접은 일대일로 이루어진다.

다시 말해서 간부, 실무자 또다시 간부, 실무자 순으로 면접관 서너 명이 돌아가면서 일대일 면접을 하며 주로 인성을 보는 단계다.

즉, 인성 면접인 것이다.

거기에 PT 면접과 집단토론 면접 그리고 압박 면접까지 통과해야만 한다.

이어서 반드시라고 해도 좋을 신원 조사의 관문을 통과해야 한다.

가까운 친척 중 간첩, 국가보안법 위반 범죄자 등 위험인물이 있다면 어김없이 탈락이다.

그 외에는 정보기관인 만큼 다른 부처에 비해 좀 더 자세히 검증해 본다는 정도로, 국정원 신원 조회 기준은 일반 공무원법상 규정을 절대 넘어서지는 않는다.

상식적인 기준에서 공무원의 품위를 해할 결격 사유가 없다면 능력 있는 인재가 신원 조회로 탈락하는 일은 없는 것이다.

조재춘의 설명을 다 들은 담용은 그제야 자신이 운이 좋은 케이스임을 알았다.

"그렇게 보면 저는 행운아로군요."

"풋! 행운아라고?"

"아, 아닙니까?"

"후후훗, 당연히 아니지."

"……?"

"우리 국정원에 자네 같은 초능력자는 단 한 명도 없다네. 그것이 답일세."

졸지에 5급 사무관이 된 배경에는 담용의 초능력이 작용했다는 말이다.

바꿔 말하면 그만큼 할 일이 많을 테니 행운아라고 볼 수 없다는 얘기다.

"조금…… 씁쓸하군요. 전문가라면 통계학자나 수학자들 그리고 변호사들도 있는데 그들은 기껏해야 7급이고 전 5급 이란 것이 좀 머쓱한 기분이 들게 하는데요?"

"원, 천만에. 통계학자나 수학자 그리고 변호사 같은 경우 그리 귀하다 할 수 없는 직종이네. 하지만 자네 같은 초능력 자는 구하고 싶어도 못 구하는 귀한 인재지. 차이는 거기에 있다네."

사실은 1급을 부여한다고 해도 전혀 아깝지가 않을 인재가 초능력자다.

하지만 초능력자에게 직급은 그리 중요하지 않을 것을 감안해 5급으로 결정한 바였다.

"오늘 연수는 국정원에 대해 전반적으로 이해하는 시간임을 알겠습니다만 다른 과목들은 뭡니까?"

"체력 검정과 우리 나름의 여러 가지 훈련이 있네만 자네가 특전사 출신이라 그런 건 생략하기로 했네."

"예?"

"아아, 남은 이틀 중 하루는 견학만 시킬 작정이라서 말이야. 마침 예비 요원들이 군사훈련을 받고 있을 시기니까 견학하기는 적당한 때이기도 해. 그러니 슬슬 견학하다가 마음이 내키면 사격도 좀 해 보게나. 사격에 자신이 있다면 예비 요원들에게 눈요기도 시켜 주고 또 5급 요원의 위력도 보여 줄 겸 말일세."

"하하핫, 알겠습니다."

담용의 대답에 힘이 실리는 이유는 사격은 부대 대표로 나가 우승까지 할 정도로 자신이 있어서였다.

"자네…… 언제 어디에서나 끼어 놀 수 있을 정도로 변죽이 좋은 편인가?"

"그런 편은 못 됩니다."

"그렇다면 노력하게. 지금 훈련받고 있는 남녀 요원들은 그런 훈련은 물론 밤 12시까지 회식을 해도 뻗거나 도망치지 않는 훈련을 받는다네. 즉, 폭탄주 전문가를 강사로 모시고 다양한 폭탄주 제조술도 배우지. 그뿐인가? 고스톱, 포커, 마이티, 마작도 배우고 심지어는 골프까지 기초 정도는 마스터해야 하네. 또한 누구와도 말이 통하고 쉽게 접근할 수 있게 하기 위한 교양을 가르치는 것은 물론 연극, 뮤지컬, 오페라 등의 외부 특강까지 교육과정에 포함되어 있지. 특히 여성 신입 요원들에게는 코디법과 화장술까지 가르친다네."

'헐, 이거야 만능이 따로 없구나.'

하지만 담용은 조재춘이 학과 내용 중 각국의 어학이나 정보 분석, 컴퓨터, 마약 탐지 그리고 기억술에 대한 내용도 가르친다는 말을 하고 싶었지만 더 이상 의미가 없어 말하지 않았다는 것을 알지 못했다.

이유는 범인들보다 뇌가 확장되어 있는 초능력자에게 그런 말이 무의미해서다.

그러나 기실은 담용이 그런 것에 대해 깊이 연구한 바가 없다는 점을 조재춘은 알지 못했다.

어쨌든 담용으로서는 국정원 요원들이 엄청나게 빡 센 훈련을 받고 있음을 알고는 미안한 감정이 더 깊어졌다.

그럼 마음이 드러났는지 얼굴도 뜨뜻해졌다.

"제, 제가 배울 게 많겠군요."

'후훗, 많지. 그것도 엄청나게.'

그렇게 말하고 싶었지만 조재춘은 그저 담담히 웃어 보일

바인더북

뿐이었다.

기실 방금까지 말한 것보다 더 많은 것을 배우는 국정원 요원이다.

담용이야 별반 필요가 없다고 할지라도 국정원 요원의 연수 과정은 지옥 훈련의 연속이라고 해도 과언은 아니었다.

그것도 장장 1년 동안이나.

가냘프게 생긴 여직원이라도 열외가 한 명도 없다.

2박 3일 동안 지리산을 종주하는 것은 물론 공수, 격투, 유격, 사격 훈련 다 받는다.

특히 3주 동안 특전사에서 공수 훈련을 받는데 특전사 신입 부사관들이 받는 공수 훈련과 강도 그리고 훈련 기간이 동일하다.

또한 7월 한 달 동안은 해군 특수부대로 가 IBS(고무보트) 훈련과 생존 수영까지 배운다.

그야말로 전천후 요원이 되는 조건을 모두 배우고 익힌다고 생각하면 된다.

이는 그만큼 국정원 요원들이 돈을 무한대로 투자하는 만큼 고급 인력들이라는 것을 의미하기도 했다.

"사실 자네를 1월에만 알았더라도 신입 요원들과 함께 훈련받도록 했을 것이네. 하지만 기본적인 체력이 되어 있는데다 군사훈련까지 받은 바가 있으니 간단한 연수만 받게 한뒤 실전에 투입하기로 결정했다네."

"제가 당장 투입돼야 할 만한 사안이라도 있는 겁니까?"

"그건 아닐세. 하지만 향후로는 시험 삼아서라도 국내의 일부터 차근차근 참여하게 될 것이니 그리 알고 있게나."

"알겠습니다."

"좋으이. 다른 질문은 없나?"

"하하핫, 오늘 배운 것을 소화시키기에도 벅찬걸요."

질문이야 왜 없겠냐만 기실 너무 딱딱하고 지루한 시간이라 얼른 끝났으면 싶은 담용이다.

"하하하, 그래. 양이 좀 많았지?"

"하하핫, 예."

겸연쩍게 웃어 보인 담용이 뭔가 생각이 났다는 듯 곧장 물었다.

"그나저나 일요일에는 어떻게 하기로 했는지 궁금하네요."

"아, 그 일?"

그 일이라면 혼토 우에하라와 국내의 사채업자가 한통속이 된 후 서로 자금을 확인하기 위해 모이는 일을 말했다.

"예. 진행 사항을 전혀 몰라서 여쭤 보는 겁니다."

"나도 자세히는 모르네만 국내 담당인 차 과장이 만반의 준비를 해 놓고 있는 중일 것이니 걱정하지 않아도 될 것이네."

"그래도 지금쯤 그쪽 팀원들이랑 미팅을 가져야 하지 않겠습니까?"

담용이 알기로는 브라보 팀장이라고 했던 기억이다.

"당연하지. 차 과장이 연수 마지막 날인 토요일에 교육을 맡은 것도 그런 맥락에서니까. 일을 목전에 두고 있는 지금 브라보 팀과 미팅을 가져야 하는 것은 당연한 일이니 토요일에는 얼굴을 볼 수 있을 것으로 아네."

"혹시 일이 진행된 상황을 아시는지요?"

"그건 내 담당이 아니어서 모르네. 다만 자네가 건넨 정보를 토대로 준비를 하고 있다는 것은 들어서 알고 있네."

"천생 모레가 돼야 알 수 있다는 거군요."

"이제 하루만 기다리면 되는 일이잖은가? 좋아, 다른 의문 사항은 없고?"

"아, 참! 한 가지 더요."

"물어보게."

"제가 알기로는 공무원인 경우 겸직이 금지되어 있다고 하던데 저 같은 경우 어떻게 조치를 한 건지 궁금합니다."

"아! 그걸 알려 준다는 것을 깜빡했군. 자네 말대로 국가 공무원법 제64조에 공무원의 영리 업무 및 겸직 금지 항목이 기재되어 있는 건 사실이네. 우리 국정원 직원들도 공무원인 이상 예외는 아니지만 임무의 특성상 위장 취업 등의 특수한 사안들이 빈번한 터라 저촉을 받지 않는다네. 더구나 64조 1항에 보면 '공무원은 공무 이외의 영리를 목적으로 하는 업무에 종사하지 못하며 소속 기관의 장의 허가 없이 다른 직무를 겸할 수 없다'라는 조항이 있네. 이 말은 곧 육 담당관이 소속 기관의 장인 원장님의 허가하에 다른 직무를 겸할 수 있음을 뜻하지."

"아! 그럼 제 본연의 업무를 해도 된다는 말씀이시군요."

"후후훗, 그런 셈이지."

그렇게 지루할 법도 한 교육임에도 서로 주거니 받거니 하며 대화식으로 엮어 나가다 보니 어둠이 찾아든다 싶던 창밖이 어느새 컴컴해졌다.

창밖을 일별하던 조재춘이 손목에 찬 시계를 보더니 비죽 웃음을 흘렸다.

"하! 이런, 이런. 벌써 시간이 이렇게 됐나?"

"8시 반입니다."

"그러게. 여름이라 해가 길다는 걸 잊었어. 배고프지 않나?"

"그렇지 않아도 출출하던 중입니다."

"하하핫, 가세나. 우리 둘만의 요리가 기다리고 있으니까."

"설마 우리 두 사람만 먹는 건 아니겠지요?"

"물론 야근하는 직원들이 태반이라 식당에서 저녁까지 준비하지만 우린 따로 자리가 마련되어 있다네."

"헐! 특별 대웁니까?"

"당연한 것 아닌가? 제로벡터는 같은 임무에 투입되지 않는 한은 얼굴이 팔려서는 곤란하니까."

"……!"

BINDER BOOK

야쿠자와 사채업자

2000년 8월 18일 금요일.

담용이 해외 담당인 이정식 과장에게 교육을 받고 있을 즈음 야쿠자들이 설립한 광화문의 도해합명회사 측도 바쁘게 돌아가고 있었다.

상석에 앉은 혼토와 사토 요시오의 앞에 건장한 사내 세 명이 부동자세로 서 있었다.

하나같이 검은 정장에다 형형한 눈빛과 더불어 날카로운 인상의 사내들이다.

때가 때이니만치 사내들을 쳐다보고 있는 혼토 역시 그 어느 때보다 날카로운 눈빛을 뿜어내고 있었다.

표정은 사내들의 면면을 처음 대하는 듯한 기색이다.

하지만 사정을 전혀 모르지는 않았다.

세 사내와 그 부하들이 사토 요시오가 자기도 모르게 불러들인 수하들이라는 것을.

이들은 모두가 본토에 있는 스즈키 오야붕 휘하의 싸움닭인 코친들인 것이다.

이는 혼토 우에하라, 즉 자신이 직접 거느리고 왔던 수하들, 즉 겐이치, 곤도, 마사오 등이 모조리 부상을 당한 데서 비롯된 비상조치였다.

달리 말하면 전투력을 보강한 것이긴 하나 수하들이 모두 스즈키 패거리로 바뀌었단 뜻이다.

즉, 아오키 오야붕 휘하인 혼토 자신과는 관계없는 코친들이라는 것이다.

이는 곧 주도권이 사토 요시오에게로 넘어갈 수도 있음을 의미하기도 했다.

그런 연유에서인지는 몰라도 서로 간의 첫 상면에 어색한 기운이 감돌았다.

툭.

나란히 앉았던 사토 요시오가 혼토의 옆구리를 건드렸다.

"뭐 해?"

"어? 그, 그래."

자신더러 주관하라는 말임을 안 혼토가 쏘아보던 눈빛을 거두고는 입을 열었다.

"그래, 때맞춰서 잘 왔다. 각자 소개를 해 보도록."

"핫! 1조장 니시입니다!"

"핫! 2조장 니오카입니다!"

"핫! 3조장 고쿠보입니다!"

"좋아, 니시."

"핫! 혼토 님!"

"니시! 이제부터는 오야붕이라고 부르도록!"

니시의 입에서 '혼토 님'이라는 호칭이 나오자마자 사토 요시오가 버럭 소리를 질렀다.

"핫!"

꾸벅!

"오야붕! 용서하십시오!"

니시가 대답과 동시에 혼토를 향해 절도 있게 허리를 접었다.

"알고 한 일이 아니잖은가? 어쨌든 요시오 님이 원하시니 당분간은 내가 지휘하도록 하겠다."

"받들겠습니다!"

"니시, 그대가 선임인가?"

"핫! 그렇습니다."

"흠, 서른세 명이 왔다고 들었다."

"핫! 조장 세 명을 포함한 숫자입니다."

"전원이 코친인가?"

"그렇습니다!"

"그 외에 다른 건 없나?"

"총기류와 도검류가 곧 도착할 것입니다."

"총기류?"

총기류라는 말에 혼토의 눈빛이 번뜩했다. 아마도 총기류에 친숙한 듯한 눈치다.

"옛! 총기류는 모두 스물한 정입니다."

"스물한 정이라면?"

"예. 대부분 권총이고 하나만 저격 총입니다."

"권총은 어떤 종류인가?"

"베레타 M92FS입니다."

"······!"

뭔가 생각이 났는지 혼토의 시선이 사토 요시오에게로 향했다.

"지난번에 강탈당했던 총기류가······?"

"똑같은 거야. 모두 스무 정이었지. 저격 총 두 자루는 오키나와에서 구한 미제 M24SWS였고."

"그런가? 아무튼!"

혼토가 니시를 째리듯 훑고는 말을 뱉었다.

"니시, 여긴 본토가 아닌 조센징의 땅인 한국이다. 겁이 많은 나라라 총기가 노출되면 절대 곤란한 정도로 끝나지 않는다는 점을 명심해야 할 것이다."

"핫! 주의하겠습니다."

"주의 정도로는 안 돼! 한 발의 총성만 들려도 온 나라가 들썩거릴 정도로 시끄러워지는 결벽증 나라란 말이다. 그런 만큼 만약 총기가 노출되기라도 하면 운신의 폭이, 아니 아예 일을 할 수가 없다."

"핫! 책임지고 조심시키겠습니다."

"믿는다. 저격 총은 누가 전문인가?"

"핫! 3조장 고쿠보입니다!"

혼토가 묻는 말에 오른쪽에 섰던 사내가 한 발 앞으로 나섰다.

"호오! 고쿠보 조장이 맡았다고?"

"핫!"

"의외로군. 이번에도 M24SWS인가?"

"아닙니다."

"하면 러시아의 드라구노프라도 되나?"

"그건 구식이 된 지 오래라서 SV-98로 요청했습니다."

"SV-98?"

"핫! 러시아의 특수부대가 사용하는 볼트 액션 방식의 저격 소총입니다."

"유효 사거리는?"

"800미터가 최적입니다."

"좋아. 명심할 것은, 작금의 조센징들은 너 나 할 것 없이 총기를 다룰 줄 안다는 점이다. 이 말은, 총기류에 익숙해서 혹시라도 잘못 다루었다간 발각될 수도 있다는 얘기다. 알았나?"

"핫! 뼈에 새겨서라도 잊지 않겠습니다."

"흠, 기대가 되는군."

혼토의 시선이 다시 한 번 사토 요시오의 눈길과 마주쳤다.

"모레 일…… 네가 설명해 줄래?"

"아니. 누가 하면 어때? 참, 아니다. 모레 있을 일에 대해서는 하세가와 상에게 듣도록 하면 되겠군."

입을 여는 사토 요시오의 입술이 오늘따라 금방 쥐를 잡아먹은 듯 유난히 빨갛다. 그러나 말투는 찬바람이 불고 있었다.

"그러지."

'쯧, 부하들 앞이라 그런가? 오늘따라 더 냉랭하군.'

사토 요시오가 한국에 도착하자마자 험한 일을 겪고 난 뒤, 아니 죽음의 공포를 경험했다고 해도 지나치지 않을 일을 당한 후, 공허했었던지 자신을 불러 서로의 몸을 탐닉한 사이긴 했지만 여전히 대하기 어려운 그녀였다.

몸을 섞었다고 해서 특별한 관계 이상이 될 수 없는 것은 야쿠자 세계가 원래 성性에 관대해서였다.

즉, 하룻밤 몸으로 대화해 서로가 만족했다면 그뿐, 그 이

상의 것에는 의미를 두지 않는다는 것이다.

이는 일본이란 나라의 성문화 자체가 대체로 개방되어 있다는 것이 밑바탕이 되었다.

더욱이 같은 구미에 속해 있다고는 하지만 야쿠자 세계에 발을 딛고 있는 이상 언제 적으로 돌변할지 모르는 잠재적 적이라 해도 과언은 아닌 사이인 것이다.

고로 서로 간에 혼인으로 맺어지지 않는 바에야 친구 이상의 발전을 기대하기는 어려운 상황이었다.

지금의 사토 요시오의 표정이 딱 그랬다.

내심으로 조금은 서운한 감정이 없지 않은 혼토였지만 내색할 수는 없어 시선을 돌렸다.

"알고 있는지 모르지만 여긴 전투 요원이 태부족인 상황이다. 이는 후지와라와 시미즈 그리고 아오키 조가 차례로 당한 상태라 더 할 말이 없다. 이제 그대들 코친이 이들의 복수를 해 줘야겠다. 알겠는가?"

척!

"핫! 오야붕! 목숨을 걸겠습니다!"

"흥! 너희들 목숨 따위는 필요 없으니 임무를 완수하는 것으로 대신하도록."

니시가 오른발을 구르며 각오를 보였지만 돌아온 것은 혼토의 차가운 코웃음이었다.

"핫! 알겠습니다."

"큼! 내일모레, 그러니까 일요일 오후경에 대단히 중요한 일이 있어 너희들을 급히 부른 것이다. 마쓰다, 나가이를 불러와!"

"옛!"

옆에서 장승처럼 서 있던 마쓰다가 나가더니 곧 세모꼴의 얼굴에 날렵한 체구의 사내를 데리고 들어왔다.

"오야붕, 부르셨습니까?"

"그래. 기다리느라 지루했겠군."

"그렇지 않습니다."

"그러고 보니 자네…… 여기 세 사람보다 고작 두 시간 먼저 당도했군. 이들과 인사는 했나?"

"옛!"

"어? 그래?"

"본토에서 이미 안면이 있던 사이입니다."

"오! 그거 잘됐군. 여기 세 사람은 사토 요시오 님의 수하들이지만 당분간 내가 지휘하게 됐으니 그리 알고 협조하도록."

"알겠습니다."

"좋아. 마쓰다는 이들을 하세가와에게 데려가서 모든 설명을 듣게 해."

"알겠습니다."

"그리고 모레 출발하기 전에 작전 설명을 해 줄 테니 그동안은 푹 쉬라고 해."

"옛, 오야붕!"

대답을 한 마쓰다가 니시 등을 수습해 나가려고 할 때 노크 소리가 들렸다.

똑똑똑.

"들어와!"

덜컥.

집무실 문이 열리고 007 가방을 든 야마시타가 들어섰다.

"오야붕, 다녀왔습니다."

"오, 그래! 수고했어. 마쓰다는 어서 나가 봐."

"옛!"

마쓰다가 일행을 데리고 나가는 것을 본 혼토가 007 가방을 보면서 물었다.

"돈은 가져왔나?"

"예!"

"액수는?"

"미리 전화를 드렸던 그대로입니다."

"200억 엔?"

"예."

텅!

야마시타가 묵직한 가방을 올려놓으며 말을 이었다.

"이게 모두 아오즈라 뱅크에서 발행한 수표입니다."

"노무라 증권에 고마워해야겠군."

"보증을 써 줬으니 전화 한 통 정도는 해 주셔야 할 겁니다."

"그게 뭐 어려운 일이라고. 누구에게 하면 되나?"

"본부장인 오오무라 겐지 씨에게 하시면 됩니다. 여기 명함입니다."

야마시타가 금박을 입힌 명함 한 장을 탁자에 올려놓았다.

"그날 아오즈라 뱅크에서 나오기로 약속받았지?"

"예. 그 때문인지 법인장의 입이 찢어지더군요."

"당연하지. 무려 1,000억 엔에 가까운 금액을 유치하는 횡재를 만났으니까."

"일이 끝나면 인사를 하겠다고 전해 달라고 하더군요."

"그래."

"야마시타 상, 가방을 열어 봐요."

"예."

사토 요시오의 말에 야마시타가 혼토의 눈치를 보고는 가방을 열었다.

"오옷!"

살짝 탄성을 내뱉은 사토 요시오가 대뜸 수표 뭉치를 들더니 단숨에 훑고는 손바닥에 쳐 댔다.

촤르르르. 탁탁탁.

"1,000만 엔짜리라…… 이게 전부 200억 엔이라고?"

"예. 1,000만 엔짜리로만 2,000장입니다."

"호호홋, 우에하라, 신용이 대단한걸?"

"요시오, 나 아직 안 죽었어. 이거 왜 이래?"

"호홋, 누가 뭐래? 하지만……."

사토 요시오가 야마시타를 쳐다보며 보풀 웃음을 지어 보였다.

"푸후후, 야마시타 상, 기간은 언제까지죠?"

"오늘부터 딱 열흘입니다."

"열흘? 우에하라, 너무 촉박한 것 아냐?"

"늦어도 다음 주 수요일이면 모든 게 끝나는데 뭐가 걱정이야?"

"좋아, 그런 자신감은 내가 좋아하는 스타일이지. 근데 이게 한국 돈으로 얼마지?"

"2,000억이 넘을 겁니다."

야마시타가 대답했다.

"2,000억이라…… 혼토, 저쪽에서 준비한 금액은 얼마지?"

"현재까지는 5,000억 정도 준비될 것으로 예상되는데 오카모토 상의 말을 빌리면 금액이 더 커질지 모른다더군."

"오카모토 상이라고? 누구지?"

"응. 교쿠토카이 출신이지."

"뭐? 교쿠토카이? 설마, 교쿠토의 촌놈들을 말하는 거야?"

"후후훗, 맞아, 그 촌놈들이야."

"오호! 제법이군. 한국에까지 진출해 있다니 말이야."

"털렸어."

"응? 무슨 말이지?"

"우리처럼 촌놈들 역시도 자금을 몽땅 털렸다고."

"뭐, 뭐야?"

혼토의 말에 눈을 상큼 치뜬 사토 요시오가 잠시 말이 없더니 곧 자지러지게 웃어 댔다.

"호호호……! 놈들도 털렸단 말이지. 그것도 몽땅! 호호호호……."

뭐가 그리 우스운지 고개까지 젖히며 깔깔대는 사토의 모습에 혼토를 비롯한 야쿠자들이 다 어리둥절해했다.

아마도 그녀만 당한 게 아니라는 것이 통쾌해서 웃어 대는 것인지도 모른다.

그렇게 한참을 자지러지던 사토가 물었다.

"호호호…… 뭘 얼마나 털렸대?"

"채권인데 정확한 금액은 몰라. 말해 주지 않았으니까."

사실은 800억 원의 채권을 잃어버렸다는 것을 알고 있었지만 혼토는 곧이곧대로 말하지 않았다.

"촌놈들이긴 하지만 꽤나 알짜라는 소문이 자자해. 못해도 몇백억 엔은 될걸."

'히유! 몇백억 엔이 뉘 집 애 이름이냐?'

하기야 그렇게라도 자위를 해서 마음의 안정을 찾는 것이 더 좋을는지도 모른다.

"그런데 그들이 털렸는지는 어떻게 알았어?"

"도움을 요청해 왔으니까."

"헐! 자존심도 없는 촌놈들 같으니…… 놈들도 이 근처에 있나?"

"아니, 명동."

"명동? 거기가 어디지?"

"이곳과는 좀 떨어진 곳인데, 명동은 그 옛날 선조들이 조센징들을 통치할 때 우리 본토인이 상권을 쥐고 흔들었던 지역이야."

"호오, 그래서 그곳에서 자리를 잡았나?"

"그야 나도 모르지."

"몇 명이나 와 있지?"

"명동에 진출해 있지만 현재는 독고다이야."

"혼자라고?"

"선발대 형식이지."

"이치와카이와 미츠바카이도 왔나?"

"그건 나도 몰라. 그런 소규모 조직들이 와 봐야 뭘 하겠어? 난 놈들에게 관심 없다."

"뭐, 나 역시 그래. 근데 오카모토 상이 뭐라고 했는데?"

"아! 그새 작업을 했었던지 명동에서 사채업을 하고 있는 최천식 사쪼와 연이 닿아 있더군."

"최천식 사쪼?"

"응. 일전에 모레 만날 일로 모임을 가졌을 때 오카모토 상이 소개를 해 줘서 알았지. 그 작자가 이번에 1,000억 원을 투자하겠다고 했다더군."

"헐! 개인치고는 적지 않은 금액이군."

"사채업이 회사의 형식은 갖춰서도 일개인의 기업을 벗어날 수 없으니 그 말도 맞군. 하지만 정작 중요 인물은 강남 신사동의 편수익 사쪼야."

"편수익 사쪼?"

"응. 이번 일을 주도한 인물이기도 하지만 투자 금액이 만만치 않아."

"얼만데?"

"300억 엔."

"헛! 3, 300억 엔?"

"더 놀라운 건 우리가 신의만 보인다면 투자 금액을 더 늘릴 수도 있다는 거야."

"오오오, 대충 감이 오는군. 혼토, 네가 무리를 하면서까지 자금을 마련하려고 애쓴 게 편 사쪼 때문이군. 그렇지?"

"쿠쿡, 절반만 맞혔어."

"절반이라고? 다른 이유는 뭔데?"

"별것 없어. 사채업자들의 속성상 한 군데에 올인하는 법이 없다고 보면 다른 사채업자들과의 연계를 지속적으로 끌어가야만 쉽게 무너지는 일이 없으니까 그래."

"우에하라, 제법이다."

"사채업계를 잠시만 관찰해 보면 다 알 수 있는 일이야. 아무튼 그 외에도 이번 기회에 모찌 가루를 좀 묻혀 보려고 덤벼드는 작자들이 제법 된다고 했으니 생각한 금액보다 더 많은 자금이 모일 수도 있겠어."

"대충 얼마나 모일까?"

"글쎄다. 적으면 800~900억 엔, 많으면 1,000억 엔 정도?"

"컥! 1, 1,000억 엔!"

"이런! 고작 그딴 일로 놀라고 그러나?"

"넌 어떨지 모르겠지만 내게 있어서 1,000억 엔은 결코 적은 금액이 아니거든."

"후후훗, 뭐, 그럴 수도. 아무튼 정확한 금액은 이따 오후 늦게 통보해 준다고 했으니 그때가 되면 알겠지."

"보안은 어때?"

"우린 보안과는 상관없어. 그 일은 조센징 사업자들 몫이지."

"그럼, 우리 돈만 철저하게 지키면 되는 건가?"

"그런 셈이지. 이봐, 야마시타!"

"옛!"

"이걸 꼭 환전해야 하겠냐고 물어봐."

"저…… 하세가와 상이 거듭해서 물어본 바로는 반드시 환전을 해서 가져와야 한다고 했습니다."

대화 통로가 하세가와였으니 거짓은 아닐 것이다.

"더군다나 편 사쪼 측에서 쪽지를 보내온 것도 있지 않습니까?"

"끄응!"

그랬다. 그 쪽지 한 장이 결정적으로 원화로 바꾸어 확인하게 만들어 버렸다.

드라공 루팡

편수익이 보내온 쪽지에 쓰인 달랑 다섯 글자.

하지만 혼토는 쪽지에 쓰인 내용을 보고 기함을 할 정도로 놀랐다.

아울러 드라공 루팡을 거론했다는 것은 한국의 사채업계에서 자신들의 사정을 다 꿰고 있다는 의미이기도 했다.

자금이란 자금을 몽땅, 아니 탈탈 털린 빈털터리임을…….

이는 현찰이 아니면 믿지 못하겠으니 투자를 하지 않겠다는 얘기와 같았다.

자연히 두 손을 들고 항복할 수밖에 없는 처지라 귀찮더라도 원화로 바꾸어 트럭에 싣고 가 직접 확인해 줘야 했다.

그 위험성은 나중의 문제였다.

"끙, 오지랄! 그래도 그렇지 이 무슨 비효율적인 짓인가? 품만 들게. 무식한 조센징들 같으니."

앞에 놓인 가방만 달랑 들고 가면 간단히 해결될 일을 원화로 환전하려면 그 수고가 절대 만만치 않다.

하지만 입장을 바꿔 놓고 보면 혼토 자신이라도 그렇게 원했을 법했다.

가장 큰 이유가 바로 위조지폐다.

늘 대하는 친숙한 화폐라면 기만당할 염려는 없을 것이다.

'끙, 할 수 없지.'

말대로 지금은 자신이 약자다.

단, 투자를 받은 이후부터는 칼자루를 손에 쥐게 될 것이니 지금은 숙이고 들어가는 게 맞다.

"트럭이 적어도 열 대는 있어야 한다는 말이잖아?"

"오야붕, 열한 대가 필요합니다."

"계산이 어찌 그렇게 되나?"

"저들 말로는 원화로 한 팔레트면 30억이라고 했습니다. 5톤 트럭에 여섯 팔레트가 실린다고 하니 열한 대가 필요합니다."

"그렇군."

"이봐, 우에하라, 일을 왜 그렇게 번거롭게 하지?"

"내가 원한 건 아냐. 투자자들의 요구라서 그래. 지금은 열흘이란 기간에 발이 묶인 약자이니 원하는 건 다 들어줘야 하는 입장이라고."

"지랄."

"요시오, 뻣뻣하면 부러져. 숙일 땐 확실히 숙이는 게 좋아."

"그건 나도 모르지 않아. 어쨌든 현찰은 원 없이 볼 수 있겠군."

"제길, 나도 내게 실제로 돈이 있었다면 이러고 싶지 않은 사람이라고. 야마시타!"

"옛!"

"환전할 은행을 알아보고 차량도 수배해서 내일 출발 전까지 실어 놔."

"알겠습니다."

"차량은 임대하는 게 좋겠지?"

"그날 하루만 사용할 거니까요."

"그래. 운전할 애들은 확보했나?"

"코친들 외에도 직원은 충분합니다."

"여차하면 전력으로 쓸 수 있어야 해."

"그렇게 선별하고 있습니다."

"혹시 모르니 조센징들은 제외해!"

"당연한 말씀이십니다."

뚜르르. 뚜르르르…….

책상 위의 전화가 울리자 야마시타가 받았다.

"네, 도해입니다."

─아, 나 갈 의원이오.

"어이구, 예. 야마시타입니다."

─오랜만이오, 야마시타 상.

"하하핫, 그렇군요. 사장님을 바꿔 드리겠습니다."

─고맙소.

"잠시만 기다려 주십시오."

손바닥으로 송화기를 가린 야마시타가 속삭이듯 말했다.

"오야붕, 갈성규 의원입니다."

"갈 의원이라고?"

갈성규 의원이라는 소리에 인상이 와락 구겨지는 혼토였
지만 곧 표정을 회복했다.

"하긴 지금쯤이면 연락이 올 때가 됐지."

"오히려 늦은 감이 있습니다."

"풋! 맞아. 정작 사업에 투자할 자금이 우리에게 없다는
게 문제이긴 하지만 말이야."

"곧 자금이 생길 테니 받아 보셔야지요."

"그래야지. 자네 말처럼 곧 자금이 생길 테니까."

야마시타에게서 전화기를 받아 든 혼토가 언제 인상을 썼
느냐는 듯 호탕한 음성으로 입을 열었다.

"아이구, 갈 의원님! 혼톱니다. 이거 하마터면 얼굴 잊어버릴 뻔했습니다."

―허허헛, 내 전화를 많이 기다렸다는 소리로 들리오만.

"하하핫, 왜 안 그렇겠습니까? 결과를 기다리느라 눈이 빠질 지경이었지요."

―저런, 저런. 하기야 여의치 않은 걸림돌이 많아 늦긴 했소.

"좋은 결과가 나왔기를 바랍니다."

―일단 9부 능선은 넘었으니 곧 좋은 소식이 갈 거요. 그러니 그리 알면 되겠소이다.

"어이구, 수고하셨습니다. 통과만 되면 이 혼토가 가만히 있지 않을 겁니다."

―허허헛, 기대하지요. 뭐, 도와줄 건 없겠소?

"하하핫, 독산가 뭔가 하는 놈을 잡는 일 외에는 아직 괜찮습니다."

―그놈을 수배해야 금세 잡을 수 있을 텐데 딱히 수배할 만한 죄를 저지르지 않아 한영기 부장도 다소 어려움을 겪고 있는 것 같소. 하지만 계속해서 수사를 하고 있으니 기대를 해 보시오.

"신경을 써 주시니 고맙습니다."

―그럼 곧 또 소식을 드리리다.

"옛! 수고하십시오."

철컥.

"빌어먹을 자식. 돈 받아 처먹은 게 언젠데 아직까지 그딴 짓거리야?"

"아니, 아직도 결과가 안 나왔답니까?"

"이제야 9부 능선을 지났다며 자랑삼아 말하는군."

"허! 하여간 조센징들이란······."

"그러니까 후진국이지."

"오야붕, 어찌 됐든 돈부터 마련해 놓고 보지요."

"그래야지. 준비를 철저히 하도록."

"옙!"

덜컥!

내실의 문이 열리고 이마가 훤한 중년의 사내가 얼굴만 내밀고는 누군가를 불렀다.

"이봐, 장 실장!"

"예, 회장님."

중년의 사내는 강남 신사동에서 사채업을 하는 편수익이었다.

편수익이 부르자 책상에서 열심히 키보드를 두드리던 장강식이 벌떡 일어섰다.

장강식은 일전에 멸대의 소개로 담용이 진기명이란 이름으로 서초동 커피숍에서 잠시 만났던 이였다.

　　"문 여사는 아직인가?"

　　"예. 아직 대답이 없네요."

　　"뭐야? 전화는 해 봤어?"

　　"예. 근데 문 여사님이 연락을 주겠다고만 하셔서 기다리고 있는 중입니다."

　　"젠장. 연락을 좀 빨리 주지. 미스 전은 어디 갔어?"

　　"은행에 입금하러 갔습니다."

　　"그래? 그럼 자네가 커피 좀 타 와."

　　"몇 잔요?"

　　"다섯 잔."

　　그렇게 이른 편수익이 문을 닫았다.

　　내실에 있는 사람은 편수익을 포함해 모두 다섯 명의 중늙은이들로 서로 나이 차이가 그리 많아 보이지 않았다.

　　자리에 앉는 편수익을 보고 광화문의 천호성이 물었다.

　　"아직 연락이 안 왔다고?"

　　"응."

　　편한 말투를 쓰는 것을 보면 두 사람이 여간 친숙한 사이가 아닌 듯해 보였다.

　　"이번 투자 건을 못 믿는 건 아니고?"

　　"어허! 같이 거래해 온 세월이 얼만데 못 믿는단 말인가?"

"이번 건 금액이 크잖아?"

"뭐, 그렇긴 해도 동원하지 못할 정도는 아니지."

"문 여사가 투자하지 않더라도 우리가 모은 9,000억 정도면 저쪽을 내리누르는 건 충분하지 않겠소?"

수원에 적을 두고 사채업을 하는 백광익이 끼어들었다. 백광익은 그의 성처럼 머리카락이 유난히 하얘 금세 표시가 났다.

"암은. 저쪽은 기껏해야 2,000억이오. 우리가 1조를 채우지 못한다고 해도 발언권이 약한 건 아니라고 여겨지오만……."

"꼭 지켜야 할 금액도 의무 사항도 아니지요."

잠실 사채업자인 유병국에 이어 명동의 최천식이 슬쩍 호응하고 나섰다.

"거봐, 모두 내 의견에 호응하잖아?"

"이 사람아, 내가 그걸 몰라서 하는 말이 아니잖은가?"

"그럼, 문 여사가 같이해야 하는 이유를 대 보게."

"딱히 이유랄 것이야 있나? 여태껏 같이 호흡을 맞춰 왔으니 으레 그러려니 하고 기다려 보는 거지. 그리고 한 사람이라도 더 힘 있는 투자자가 같이 하면 유사시에 도움이 될 수도 있고."

"그까짓 검사장 정도 가지고 뭘……."

"검사장이면 검사의 꽃이라 불릴 정도니 결코 만만한 계급은 아니지. 글고 그렇게 말하는 넌 그런 동생이라도 있냐?"

"쳇! 우리가 언제 그놈들을 끼고 사업했나? 여태 우리끼리 해결해 왔지 도움 받을 일이 뭐가 있다고…….."

"이봐, 이번 건이 잘못된다고 가정해 봐. 일본인이 개입되어 있다면 국제적인 사건이 돼. 공권력이 개입하게 되면 검사장 하나 알아 둔다고 해서 나쁠 게 뭐가 있어?"

"세상에 돈으로 구워삶으면 안 되는 게 어디 있어?"

"흥! 그만큼 내 일같이 신경 써 줘야 말이지. 문 여사처럼 같은 피붙이가 관계됐다면 또 모를까, 돈만 꿀꺽 안 하면 다행인 놈들이지."

"쳇!"

말문이 막힌 천호성이 커피를 들이붓는 것으로 불편한 심중을 대신했다.

똑똑똑.

"어? 들어와."

덜컥!

문이 열리고 장강식이 들어와 다섯 잔의 커피를 놓고 돌아섰다.

"아! 장 실장, 문 여사는 아직이야?"

"예. 서초동 사무실이면 바로 지척인데 한번 가 볼까요?"

"됐어. 다시 한 번 전화나 해 봐."

"뭐라고 하지요?"

"늦어도 오후 4시까지는 답을 달라고 해."

"알겠습니다."

장강식이 나가는 것을 확인한 최천식이 은근한 어조로 입을 열었다.

"저기…… 편 회장님."

"뭔데 그래요? 어서 말해 봐요."

"만약에 문 여사란 여자가 투자하지 않는다고 하면 지금 명동에서 막 자리를 잡아 가고 있는 오카모토 씨가 대신 참여하면 어떻겠소?"

"아! 도해합명회사를 소개했던 그 일본인 말이오?"

"예."

"크흠, 글쎄요. 그건 어려울 것 같은데……."

"아니, 왜요?"

"아닌 말로다가 만의 하나 최악의 경우가 발생했을 때 같은 일본인 편을 들 게 뻔하지 않겠소? 물론 그런 일이 없어야 하겠지만 말이외다."

"물론 그렇게도 생각할 수 있겠지요. 저 역시 제 전 재산의 절반을 투자하는 사업인데 잘못되기라도 하면 큰일이지요. 그래서 말인데……."

"응? 뭐가 또 있소?"

"꼭 그렇게만 생각할 것이 아니란 생각이 들어서요."

"좋은 생각이 있으면 말해 보시지요."

"오카모토 씨를 우리 편으로 만들어 도해합명회사를 보다 더 밀착해서 감시할 수도 있을 것 같아서 하는 말이외다."

"엉? 그게 무슨 말이오?"

"만약 문제의 소지가 보일 경우에 말입니다. 우리는 마냥 불안한 마음으로 마음을 졸여야 할 거요. 그럴 바에야 차라리 접근하기 쉬운 오카모토 씨로 하여금 미리 정탐을 하게 해서 피해를 사전에 방지하는 것도 한 방편이 될 것 같아서요."

"흠, 최 회장님은 최악의 경우도 생각해야 한다는 거요?"

"예. 전 여태까지 그런 사고방식으로 사업을 해 왔지요. 당연히 실패를 해 본 적도 없었고요."

"편 회장, 최 회장 말씀이 틀린 건 아닌 것 같은데?"

"그야……."

'보험책이라…….'

도해합명회사 외에 다른 일본인과 함께 투자하는 것을 생각해 보지 않은 터라 다소 의외이긴 했지만 딴은 틀린 말도 아니어서 살짝 고민이 되었다.

잠시 생각하는 눈치이던 편수익이 네 사람을 차례로 쳐다보며 물었다.

"의견을 말해 보시오."

"그 무슨 말도 안 되는 소리요?"

"백 회장, 흥분하지 마시오. 싫으면 그뿐이니까."

"아! 편 회장, 미안하오. 하지만 투자는 유사시에 서로가 콤비네이션이 맞지 않으면 큰 위험에 직면하기 쉽다는 것을 알아야 하오. 투자자들의 일사불란한 행동이야말로 공통투자의 가장 큰 무기가 아니겠소? 그렇게 생각하지 않소?"

"그야……."

틀린 말은 아니다.

공동투자자나 동업자끼리 의견이 갈려 분분한 사이 사태가 수습할 수 없는 국면을 맞이할 수 있기에 신속한 대응은 무척 중요했다.

한데 거기에 생면부지의 사람이 끼어든다면 유사시에 차질은 불가피할 것이다.

오래도록 손발을 맞춰 온 투자자들의 고민이 거기에 있는 것이다.

최천식도 이런 심리를 알기에 신중한 음색으로 입을 열었다.

"저기…… 분란을 조장하고자 말을 꺼낸 것이 아니라는 것을 알아주시면 좋겠소."

"아, 그건 알아요."

"뭐, 백 회장님의 말씀도 일리는 있으니 이러는 건 어떻겠소?"

"어떻게요?"

"기본적으로 오카모토 씨는 열외의 인물인 것 맞소. 그러나 문 여사가 참여를 하지 않는다는 전제하에 기회를 주는 것으로 하되 유사시 공동 대응의 콤비네이션 문제에 대해서는 제가 오카모토 씨를 대리해 전권을 가지고 움직이는 것으로 하면 어떨까 싶소만……."

"흠, 그것도 한 방법이 되겠소. 모두들 어떻게 생각하오?"

"그렇다면 오카모토 씨의 투자금은 최 회장님의 투자금에 합해서 투자하면 될 것 아니오?"

말인즉 오카모토가 나설 것이 아니라 아예 최천식 개인이 투자를 받아서 참여하라는 말이었다.

"아, 그 점은 곤란하오. 오카모토 씨가 나 하나만 믿기보다 우리 전부를 믿는 것을 든든하게 여겼기 때문에 투자할 마음이 동한 터라서 말이오."

"하기야 그 말도 틀린 건 아니네."

"그럼 오카모토 씨가 투자는 하되 논의나 결정은 최 회장님이 전면에 나서는 것으로 하지요. 어떻습니까?"

"편 회장님 말대로 합시다."

"나도 그 조건에 동의하오."

"어차피 문 여사가 투자하게 되면 말짱 공염불일지도 모르니 일단은 기다려 보고 결정합시다."

"흠, 좋소. 유 회장님 말대로 조금 기다렸다가 결정해도 늦지 않으니 그렇게 하지요. 좋아요, 그 문제는 거기서 일단락을 시키고 다음은……."

바인더북

"아무래도 경호원을 고용하는 문제겠지."

"그래, 천 회장 말대로야. 그 문제만큼은 자신이 없어서 말이야."

"왜? 밑에 부리는 애들 있잖아?"

"킁! 양아치들에게 우리 돈을 맡기라고?"

"하긴 어렵겠지. 그렇다면 내게 맡길래?"

"다들 좋다면 못 맡길 것도 없지."

"좋아. 비용은 뿐빠이인 것 알지?"

"뿐빠이가 뭐냐, 뿐빠이가? 그냥 분배라고 해. 해방된 지가 언젠데 아직도 그 버릇이야?"

"허허헛, 습관이 돼 놔서리…… 암튼 모두 찬성하는 거요?"

"의뢰할 곳이 경호업체요, 아니면 조폭들이오?"

"엄청난 금액을 어찌 깡패들에게 맡기겠소. 마침 잘 아는 경호업체가 있소이다."

"천 회장님, 운반 차량만 해도 예순 대 가까이는 될 텐데 인원이 적으면 곤란하지 않겠소?"

"아아, 유 회장님, 그 점은 염려하지 않으셔도 됩니다. 인원이 모자라지도 않겠지만 도해합명회사 측에서도 경호업체에 의뢰할 것이라고 했으니 경호는 큰 걱정하지 않아도 될게요. 그리고 네 분께서도 각자 믿을 만한 사람들을 대동할 작정이지 않소이까?"

"그거야 뭐 대충이라도 자금을 확인하려면……."

"그렇지요. 당연합니다."

자신의 사람들을 대동할 수밖에 없는 이유는 안전도 안전이지만 반드시 확인해야 하는 상대방의 돈 때문이었다.

"그나저나 금액 확인이 끝나면 은행에서 주관해야 할 텐데 어디서 온답니까? 편 회장님은 알고 계실 것 같은데요."

"최 회장님, 잘 물었소. 어차피 이후의 사업 주체는 도해 합명회사가 될 것이니 이왕이면 그쪽 거래 은행이 좋을 것 같아서 데리고 오라고 했소."

"그게 어디요?"

"아오즈라 뱅크요."

"아오즈라?"

"처음 듣는군."

"아, 일본 신용은행이니 믿을 수 있소이다."

"한국에 와 있소?"

"종로에 있어요."

"우리나라 은행을 택하지 그랬소?"

"백 회장님, 현재 우리나라 은행은 해외투자자들에게 뱅크 개런티를 발급해도 인정되지 않을 정도로 신용이 제로인 상황이란 걸 잘 알지 않소? 거기에 예치하게 되면 리스크가 너무 커서 곤란하단 말이외다."

"그 말이 맞소. 더욱이 관치 금융이라 정부에서 우리가 예금한 돈에 언제 시비를 걸지 모르지요."

"맞소. 지금 구조 조정이 한창이니 언제 합병되고 도태될지 알 수 없는 상태이기도 하지요. 전 아오즈라에 한 표요."

"허허헛, 저도 마찬가지이니 은행 창구는 그대로 가는 게 좋겠소."

"모두들 그렇다고 하니 그 문제도 일단락 짓겠소."

"아, 참! 편 회장님, 물류 센터의 주변 상황을 다시 한 번 점검할 필요가 있지 않겠소?"

"남사면에 있는 물류 센터는 이제 막 준공해 비어 있는 상태요. 뭐, 이 사람이 주인이라 수시로 점검을 해 왔지요. 가셔서 확인하실 분은 직원을 붙여서 안내해 드리리다. 그래도 필히 미리 답사해 봐야 할 사람들이 있으니…… 천 회장."

"말하시게."

"경호업체를 정하게 되면 일부 인원은 미리 가서 경계를 하게 해야 할 거야."

"그야 당연한 얘기지. 근데 갑자기 많은 차량이 한꺼번에 줄지어 간다면 혹시라도 의심을 사는 일은 없을까?"

"그래서 운송 시간을 야간으로 잡은 거야. 원래 화물 차량은 야간 운행을 주로 하니 그 대열에 낀다면 의심을 사는 일은 없을 걸세. 뭐, 별로 멀지도 않은 곳이니 경부선이든 영동선이든 고속도로는 용인 IC에서 턴을 할 것이니 잠시 이용할 뿐이네. 그리고 그 시각은 고속도로보다 국도가 인적이 드물 테니 더 안전하다네."

"흠, 출발 시각은?"

"자정. 12시 정각에 출발할 걸세. 그러나 그 전까지 만남의 광장으로 집결을 마쳐야 되네. 거기서부터는 만약을 위해 일렬로 갈 테니까. 이런 말은 최측근이라도 입도 벙끗하지 마시게."

"흠, 그거야……. 하면 일본 애들도 그리로 오나?"

"같이 움직여야 안전하니까."

"이동 경로는 알고 있나?"

"이동 경로를 표시한 지도를 줬어.

"그래도 지리를 모르는 애들일 테니 안내인을 붙여 줘야 하니 않나?"

"원래 민족성 자체가 준비가 철저한 놈들이라 거기까지 신경 쓰지 않아도 돼."

"하긴 왜놈들 성향이 좀 그렇긴 하지. 그렇다면 혹시라도 주행 중에 중간에 끼는 놈이 생긴다면 철저하게 막아야겠군. 온통 트럭일 테니 헷갈릴 수도 있으니 말일세."

"그래야 할 게야. 운전을 맡은 애들에게 그 부분은 단단히 일러둬."

"알았어. 아무래도 야심한 시각이라 상행선이라면 몰라도 하행선은 막히지 않겠지."

"바로 그거야. 일요일이 그런 현상이 뚜렷한 날이란 이유

때문에 그날로 잡은 거지."

"흠, 좋아. 난 경호업체가 정해지는 대로 현장부터 점검하도록 하겠네."

"경호업체에서 봐서 좋을 일은 없을 테니 차량이 도착하면 밖에서 경계하라고 해."

"알았네."

"편 회장님, 근데 차량만 해도 꽤 되는데 경호업체를 이제야 정한다는 건 너무 늦은 감이 있지 않소?"

"아, 백 회장님, 그건 일부러 그런 거요. 경호업체라도 그들이 경호할 물건이 돈이라는 걸 알면 마음이 어떻게 변할지 몰라 혹시 하는 마음에 가장 늦게 섭외하는 겁니다."

"아, 그럴 수도 있겠군요."

"허허헛, 견물생심이라 여러분조차도 지금 아는 것이지요."

"하핫, 그렇군요. 적이 안심이 됩니다. 아무튼 내일은 돈을 싣느라 너 나 할 것 없이 바쁘겠군. 자, 아직 더 할 말이 남았소?"

"글쎄요. 얼추 끝난 것 같은데……."

"그럼 모두 출출하겠구려."

"그렇군. 벌써 때가 됐어."

"갑시다. 우선 먹고 또다시 논의하도록 하지요."

"편 회장님, 홈그라운드시니 맛집으로 안내해 보시지요."

"허허헛, 복어요리 전문집이면 괜찮으려나?"
"거 좋지요."

바인더북

작전명, 문무대왕 Ⅰ

서초동 교대입구 역 인근에 위치한 모 빌딩의 사무실.

한눈에 들어오는 실내 전경은 럭셔리한 인테리어로 꾸며져 있음은 물론 잘 정돈되어 있기까지 한 꽤나 널찍한 사무실이었다.

첫인상이 참으로 고급스럽다는 느낌이 확 드는 것은 에칭 작업으로 문양을 삽입한 대형 유리로 칸막이를 해 놓은 상담실과 회장실의 운치에 있었다.

거기에 실속보다는 디자인을 중시한 책상들, 책상마다 부속으로 딸린 듯한 장미 문양의 컴퓨터, 서가를 연상케 하는 책장, 심플한 부조물이 어울리는 고딕풍의 옷장, 예술 조각품 같은 크고 작은 화분과 각종 희귀 식물들, 이외에 갖가지

비품 하나하나까지도 예사 제품으로 보이지 않는 사무실의 전경이다.

그 사이로 뭐가 그리도 바쁜지 제복 비슷한 투피스를 입은 두 명의 여직원이 분주하게 움직이고 있는 모습이다.

그런데 조금 특이하다 싶은 점은 실내 끄트머리에 한 폭의 장대한 산수화가 그려진 커튼이 쳐진 광경이었다.

한데 스르르 하고 커튼이 약간 젖혀진다 싶더니 머리를 틀어 올린 우아한 멋의 중년 여성의 얼굴이 나타났다.

근데 척 보기에도 우아한 멋과 동시에 까칠함이 엿보이는 인상은 뭇사람들로 하여금 쉽게 접근하기 어렵게 하는 분위기였다.

중년 여성은 휴식을 취하고 있었던지 카우치에 비스듬히 기댄 채 팔짱을 끼고 있는 모습이다.

어딘가 도도해 보이는 중년 여성의 시선이 한쪽으로 향하더니 까칠한 인상과는 다르게 포근한 음성이 흘러나왔다.

"얘, 아직 멀었니?"

"에휴! 큰고모, 시스템이 완전히 망가져 복구하려면 시간이 걸리니까 재촉 좀 하지 말고 기다리세요."

중년 여인의 시야가 가려진 곳에서 작업을 하고 있는 중인지 젊은이의 목소리가 들려왔다.

"글고 이거 신품으로 좀 바꾸면 안 돼요?"

"왜? 고쳐서 쓰면 된다며?"

바인더북

"그거야 작년까지의 일이죠. 스위치 허브가 구식이라 로드 밸런싱에 자꾸 에러가 나잖아요.

"얘, 얘. 머리 아프니까 이상한 용어 좀 쓰지 마라. 말해도 난 못 알아들으니까."

"그래도 사업을 하시려면 컴퓨터에 대해 좀 아셔야 해요."

"이 나이에? 아서라. 필요하면 사람을 쓰면 돼."

"그런 분이 왜 걸핏하면 이 조카를 부르고 그래요? 기술자를 부르면 간단한 걸 가지고."

"너 용돈 필요하다며?"

"에이, 큰고모도 참. 그게 언제 적 얘긴데…….”

"엉? 이젠 필요 없단 말이냐?"

"예. 이젠 필요 없어요. 졸업할 때까지 쓸 돈 정도는 벌어 놨으니까요."

"어머머, 그래?"

"히히힛, 예."

"흠, 너…… 이 큰고모가 네 집안 사정을 다 아는데 무슨 수로 그런 돈을 모았지?"

"아는 형이 있는데 엄청 부자예요."

"뭐? 그 형이란 사람이 네게 돈을 줬단 말이니?"

"예."

"자, 잠깐만. 너 좀 쉬었다가 해라. 은영아, 희수에게 마실 것 좀 가져다줘라."

"네에, 회장님."

은영이란 여직원의 대답을 귓등으로 들은 중년 여성이 이마에 땀을 닦으며 모습을 드러내는 젊은이를 쳐다보았다.

한데 허여멀건 얼굴에 살짝 개구진 모습이 남아 있는 인상의 청년은 다름 아닌 만박이었다.

만박의 이름이 바로 희수였고 성은 문가였다.

강인한과는 이종사촌이 되는 문희수가 바로 만박이라는 별명으로 불리고 있었던 것이다.

반면에 중년 여성은 만박의 큰고모로, 만박이 아버지의 누나가 되는 문경숙이었다.

즉, 신사동에서 사채업을 하는 편수익이 문 여사라고 부르는 여인이 바로 그녀였던 것이다.

"얘, 그 형이란 작자가 아무런 대가도 없이 돈을 줬단 말이니?"

"에이, 공짜로 줬겠어요? 며칠 일을 좀 도와주고 수고비라고 줬는데 받아 보니 대학 졸업 때까지 쓸 수 있는 금액이더라고요. 나도 깜짝 놀랐어요."

"뭐라? 도대체 어떤 일을 해 줬기에? 돈은 또 얼마고?"

"히히힛, 일에 대해선 비밀이고요. 글고 돈도 꽤 된다는 것만 알고 계시고 더는 묻지 말아 주세요."

'에구, 그걸 말했다간 기절하지 않으면 다행이지.'

절대로 야쿠자들에게 강탈한 돈이라고 말할 수는 없는 일

이다

"끙, 그 돈…… 받아도 탈이 없는 거냐?"

"그럼요. 그리고 일을 해 주고 정당한 대가로 받은 돈이라 그 어떤 돈보다도 떳떳한걸요."

뭐, 떳떳한 돈은 아니더라도 일을 해 주고 받은 정당한 대가는 맞다.

당당한 만박의 말에도 의심이 가시지 않는지 문경숙의 수상쩍어하는 눈초리는 가시지 않았다.

마치 법에 저촉되는 부적절한 일을 해 주고 부정한 돈을 받은 것으로 보는 딱 그 눈빛이다.

"그…… 아는 형이란 사람은 뭐 하는 사람이냐?"

"말해 줘도 못 믿을걸요."

"뭐? 말해 줘도 못 믿다니? 무슨 말이 그래?"

"말했다간 큰고모한테 핀잔만 들을 것 같아서죠."

"흥, 그렇게 말하니 뜬구름이나 잡고 다니는 몽상가같이 들린다, 얘."

"우와! 몽상가! 어쩌면 그 표현이 딱 맞는 것 같기도 하네요."

뭐, 그 혼자서 야쿠자들을 다 상대하겠다며 나서고 있으니 딱히 틀린 말도 아니다.

"흥흥, 내 그럴 줄 알았다니까. 희수 넌 너무 순진해서 남이 이용해 먹기 딱 좋은 성격이라 그 형이란 작자에게 꼴까

닥 넘어간 거라고."

"히히힛, 큰고모는 절 잘 모르시네요. 제가 얼마나 약은 데…… 암튼 그 형이 몽상가로 불릴지는 몰라도 그렇게 불릴 만큼 속이 꽉 차 있는 형이라고요. 전 발끝도 못 따라갈 만큼요."

"에구, 여기 절절한 몽상교도 한 명 나셨네. 그놈의 돈 몇 푼에 팔려서는. 쯧쯔쯔……."

"에헤헤헤, 맘대로 생각하세요. 제가 좋으면 그만이죠 뭐."

"너…… 네가 돈을 벌었다는 거 집에서는 알고 있니?"

"대충요."

"인석아, 네 엄마 단속이나 잘해. 괜히 그 돈 가지고 이 고모를 오해하지 않게 말이야."

"그냥 알바로 벌었다고 했으니 큰고모가 의심받을 일은 없어요."

"흥! 내 돈은 더러운 거라도 묻었대니? 곤궁한 살림에 보태 준다고 해도 싫다고 하니. 나 원, 남도 아닌 처지에……."

"에이, 아시잖아요? 엄마는 큰고모 돈이 남의 피눈물을 빤 돈이라면서 안 받는 거요."

"흥! 그래. 네 엄마 고상한 건 나도 안다. 흥흥흥!"

"히히힛, 명색이 독립운동가 집안이거든요."

"그래, 잘난 집안인 건 안다만 그렇게 가난해서야 네가 제대로 날개라도 펴겠니?"

"큰고모도 참…… 또 남평 문씨가 어쩌고저쩌고하시려고
그러죠?"

"그래, 인석아. 네가 어떤 아이냐? 우리 집안에 4대째 내
려오는 독자……."

"에이, 그만하세요. 그런 말도 이젠 귀에 딱지가 앉아서
더는 안 들린다구요. 그리고 엄만 가난한 게 하나도 안 창피
하대요."

"흥! 가난한 건 창피한 게 아니라도 돈이 없다면 얼마나
불편하겠어?"

"히히힛, 저희 모친 왈! 돈이 없는 사람은 가난과 토닥거
리며 싸우지만 돈이 많은 사람은 재물이란 괴물과 치열하게
전쟁을 하고 있는 거래요."

"얼씨구!"

"에헷! 울 엄마가 배운 건 많지 않아도 책을 많이 읽어서
아는 건 많죠. 은영이 누나! 뭐 해요? 나 마실 것 좀……."

"얘는…… 바로 옆에 가져왔잖아?"

어느 결에 옆에 와서 선 은영이 입을 샐쭉거리더니 쟁반을
내밀었다.

"어? 그러네, 히히힛."

"냉커피야. 차가우니까 천천히 마셔."

"고마워요, 누나."

"근데 희수야, 부탁 하나 들어줄래?"

"부탁? 뭔데요?"

"회장님의 기분이 언짢으면 우리가 힘이 든다는 것쯤은 알고 있지? 그러니 약 올리는 건 좀 자제해 줄래?"

"에이, 내가 뭔 약을 올렸다고 그래요?"

"지금 회장님 이마에 나 약이 올랐다고 하는 표식의 주름이 져 있거든?"

"은영아, 나 화 안 났다."

"호호홋, 그러셔요? 그럼 믿어야죠."

"조것이……."

입을 가리고 웃으며 종종걸음으로 벗어나는 은영이를 상큼 치켜뜬 눈으로 째려보는 문경숙이다.

"큰고모, 아무래도 이 사무실 터가 안 좋은가 봐요."

"갑자기 웬 터 타령이니?"

"어찌 된 노릇인지 죄다 노처녀들만 모여 있으니까 그러잖아요."

"뭐, 뭐? 노처녀?"

"그렇지 않고요? 보스인 큰고모도 노처녀지, 은영이 누나도 그렇고, 미숙이 누나도 마흔이 코앞이잖아요?"

"인석이…… 너 일루 와."

토토토…….

도끼눈이 되는 문경숙을 피해 실실거리며 저만치 달아나

는 만박이다.

"에헤헤헷, 큰고모는 꼭 바른말만 하면 손이 올라가는 버릇이 있더라."

"인석아, 그게 바른말이냐? 염장 지르는 소리지."

"아아, 저는 마저 수리해야 되니 이제부터 건드리지 마세요."

"됐다. 괜히 애쓰지 말거라."

"에? 왜, 왜요?"

"구식이라며?"

"그, 그렇죠."

"이 기회에 바꾸자."

"에? 정말요?"

"대신 교체할 품목은 네가 정해. 설치도 네가 알아서 하고."

"헤헤헷, 알았어요. 돈 주세요."

"얼마면 돼?"

"대충 200만 원 정도?"

"끙. 뭐가 그리 비싸!"

"정품으로 하면 더 비싼걸요."

"뭐? 그럼 정품이 아니란 말이니?"

"가능하면 정품으로 조립해 드릴게요. 그래도 보수를 후하게 주시는 큰고모시니 제가 인심 쓸게요, 이히히힛."

"웃지 마, 인석아, 징그럽다."

"쳇! 언제는 내가 제일 귀엽다고 해 놓고선."

"인석아, 그땐 어릴 때지. 지금은 여드름이 덕지덕지 나고 코밑도 시커멓잖아?"

"에헤헤헤, 그래도 하나밖에 없는 조칸데……."

"꿍."

"히히힛, 돈은 은영이 누나한테 타 가면 되죠?"

"그래."

"그럼 다녀올게……."

"아아, 그거 안 바쁘잖아?"

"왜요? 또 시킬 일이 있어요?"

"시킬 일은 없는데 잠시만 뭘 좀 물어보자꾸나."

"뭐, 뭔데요?"

"서울대생이니 나보다 상식이 풍부할 것 같아서 물어보는 거니까 성의껏 대답해 줘야 한다."

"알았으니까 뭐든 물어보세요."

"요즘 일본 자금이 들어오고 있다는데 거기에 대해 뭘 좀 아는 것 있니?"

"일본 자금요?"

"그래. 이 바닥에도 소문이 자자하긴 한데 도통 믿을 만한 것들이 없어 놔서 말이다. 혹시 서울대학에선 그런 거 안 배우니?"

"에이 참. 상경대 애들이라도 그런 정보는 몰라요. 더구나 저 같은 공돌이라면 더더욱 모르…… 아, 참! 그래. 아는 수가 있다!"

짝!

"엉? 그, 그래?"

뭔가 떠올랐다는 듯 손뼉까지 치는 만박의 태도에 문경숙의 눈빛이 반짝하고 빛났다.

"그걸 말씀드리기 전에, 큰고모는 뭐 때문에 그런 걸 알려고 하시는데요?"

"그건 큰고모의 사업상 비밀이라 말을 못 해 준다."

"그럼 저도 말 못 하지요 뭐. 이만 다녀올게요."

"아니! 얘. 얘!"

만박이 짐짓 나가려는 폼을 잡자 문경숙이 황급히 불렀다.

'앗싸! 또 돈 벌었다. 으히히히.'

뭔가 의도한 대로 됐는지 내심 쾌재를 부른 만박이 내색을 않은 채 시큰둥하게 말했다.

"큰고모, 오늘 이거 끝내려면 무지 바쁘다고요."

"흥, 방학인데 무슨……. 오늘 못 하면 내일 하면 되지."

"에? 그럼 내일도 일당을 쳐줄 거예요?"

"그래. 대신 네가 조언해 주는 건 덤이다."

'으흐흐흐…… 그럴 수는 없죠.'

속으로 음흉한 웃음을 흘린 만박이었지만 정작 입에서 나오는 말은 투덜거림이었다.

"쳇! 서울대생 같은 고급 인력의 조언이 큰고모 앞에서는 껌값보다도 못한 싸구려가 된다니까."

"인석아, 내가 물어보려는 건 공부 머리와는 달라서 네가 대답을 옳게 하지 못하는 것일 수도 있어서 그러지."

"나, 참. 큰고모도 참말로 갑갑하시네."

"잉? 내, 내가 답답하다고?"

"그렇지 않고요? 한번 생각을 해 봐요. 나야 아직 사회 초년생도 못 되는 대학생이라지만 이 몸의 선배가 되시는 분들까지 무시하면 안 되죠. 그분들이 얼마나 막강한 위치에 계시는지는 짐작하시잖아요?"

으슥.

한번 우쭐거린 만박이 문경숙의 코앞까지 다가와서는 약 올리듯이 히죽댔다.

"이히히힛, 큰고모, 지가 말이유, 그런 능력 있는 선배님들을 엄청 많이 알고 있다는 것 정도는 알고 계시쥬? 뭐, 그동안 경험을 많이 했으니까 잘 알 거유, 크흐흐훗."

'이그…… 여우 같은 놈.'

딴은 맞는 말이지만 한 대 쥐어박고 싶을 정도로 얄밉게도 웃는다.

뭐, 서울대 출신들이 이 나라를 콱 틀어쥐고 운영해 나간다고는 말할 수는 없겠지만 적어도 국정 전반이나 혹은 사

회 곳곳에서 활약하고 있는 것이야 세상 물정 모르는 삼척
동자만 모를까 국민 대다수가 그렇게 생각하고 있는 실정이
긴 했다.

그리고 가끔은 조언을 받아서 이익을 볼 때도 없지 않아
그리 낯선 모습도 아니었다.

그래서 '알고 있지 않냐'고 묻는 것이기도 했다.

사실이 그렇다 보니 쥐어박기는커녕 순순히 인정하고 나
오는 문경숙이다.

"알았어, 알았어. 그만한 값을 쳐주면 될 것 아니니."

"히히힛, 진즉에 그렇게 나오실 것이지."

"그 대신에 네가 말하는 게 내가 인정할 수 있는 대답이어
야 해. 뭔 말인지 알아?"

"그 정도는 저도 알아요. 자, 이제 내용이 뭔지 말씀해 보
세요."

"으음…… 그게 말이다."

잠시 뜸을 들인 문경숙이 여직원들의 눈치를 살피더니 만
박이의 팔을 슬며시 잡고는 안쪽 밀실로 데려갔다.

이어서 문까지 잠가 버렸다.

딸그락.

"큰고모도 참. 그게 뭔 대단한 비밀이라고 문까지 잠그고
그래요?"

"시끄럿! 이 고모의 사업이 성공한 데는 다 그럴 만한 이

유가 있어서니까."

"어련하시겠어요. 이제 듣는 사람도 없으니 말씀해 보세요."

"너…… 야쿠자라고 알지?"

"에? 야, 야쿠자요?"

"그래, 일본 깡패들 말이다."

그 말이 떨어짐과 동시에 만박이의 뇌리로 언뜻 담용과 함께 광화문의 야쿠자 사무실에 침입했던 기억이 떠올랐지만 일단은 더 들어 보기로 하고 물었다.

"뭐, 조직폭력배이니 깡패이긴 하지요. 근데 걔들이 왜요?"

"넌 내가 지금부터 하는 말을 어디 가서 입도 벙끗해선 안 돼. 알았지?"

"에이, 그런 염려는 하지 마시고 어서 말해 봐요. 저도 짚이는 게 있어서 그러니까요."

"응? 그, 그래?"

"예. 아마 전화 한 통이면 큰고모보다 더 많은 걸 알게 될지도 몰라요. 그러니 어서 말해 보세요."

"아, 알았다."

만박의 말에 긴가민가했지만 문경숙은 밑져야 본전이란 마음으로 입을 열었다.

"그러니까…… 큰고모가 투자할 곳이 있을 때 가끔 어울려서 공동투자를 하는 사람들이 있는데 말이다."

"예, 그래서요?"

"이번 건은 처음 있는 일인데 말이다. 이번 투자에 야쿠자들의 자금이 관여된 눈치더라."

"큰고모가 투자할 곳에 야쿠자들도 같이 투자한다는 말이에요? 아니면 다른 의미가 있는 거예요?"

"공동투자야."

"야쿠자들과 같이요?"

"그렇지. 그러니까 네 인맥을 좀 이용해서 거기에 대해서 좀 알아봐 줄 수 없겠니?"

"참 나, 그게 뭐가 어렵다고…….."

'흠, 큰형님이라면 금세 대답해 주시겠지.'

만박이가 믿는 건 오로지 담용이었다.

이런 건 서울대 출신 선배들이 곳곳에 진을 치고 있다고 하더라도 알 수 있는 부분이 아니었던 것이다.

설혹 안다고 해도 발을 푹 담그고 있지 않는 한 단편적으로만 추측할 뿐일 것이다.

하지만 담용은 직접 야쿠자들 사무실을 침입해 자금을 강탈해 왔던 적이 있어 누구보다 더 잘 알고 있을 것으로 여겨졌다.

물론 만박 자신도 함께하긴 했지만 시키는 것만 한 터라 깊은 사정은 알지 못했다.

'그러고 보니 큰형님을 못 본 지도 제법 됐네. 일간 연락을 해 봐야겠군.'

엄청난 능력의 소유자라 지금쯤 어떤 일을 하고 있는지, 또 어떻게 변했을지도 궁금하긴 했다.

이종사촌 형인 강인한이야 검정고시를 준비하느라 코가 한 자나 빠져 있다는 것을 알지만…….

"큰고모, 언제까지 알려 드리면 돼요?"

"3시 반까지."

"엑! 3, 3시 반요? 지금, 아니 오늘 3시 반요?"

"응. 왜 문제 있어?"

"하! 무슨…… 번갯불에 콩 구워 먹는 것도 아니고…….""

"100만 원!"

만박의 어이없다는 표정에 문경숙이 검지를 세우며 입꼬리를 올렸다.

"에혀, 돈이면 다 되는 줄 아세요? 시간이 문제지…….""

"그럼 200만 원. 인석아, 잔머리 굴리지 말거라. 자갈 굴러가는 소리까지 다 들리니까. 아무튼 이게 한도 금액이니 안 되면 없던 것으로 하고."

'쳇! 조금 더 올리려고 했더니 미리 알고 선수를 치시네.'

"아, 누가 뭐래요? 괜히 그러셔."

"지금이 2시 20분이니 아직 한 시간이나 남았네."

"알았어요. 전화 좀 쓸게요."

만박이 탁자에 놓인 전화기를 집어 들면서 중얼거렸다.

"연락이 닿아야 할 텐데……."

2000년 8월 19일 토요일, 국정원.

만박이 전화를 거는 그 시각, 예의 강당에서는 국내 파트 담당인 차민수 과장은 담용을 상대로 한창 교육 중에 있었다.

"……해서 어느 나라든 마찬가지이겠지만 정보기관의 속성은 원칙적으로 선과 악을 따지지 않는 것이라 할 수 있네."

"흠, 도덕성 문제 같은데…… 제게는 그것이 별로 중요하지 않다는 말로 들리는군요. 맞습니까?"

"맞네. 첩보전에서의 도덕성은 누구도 기대하지 않으며 또 기대할 수 없다는 의미지. 오로지 이득이냐 손해냐를 따져 임무를 행할 뿐이네. 더욱이 국가나 조직을 위한 일이라면 비난을 무릅쓰고라도 임무를 완수하는 것만이 최선이란 것이네. 왠지 아는가?"

"글쎄요."

"양보를 하거나 실패를 한다고 해서 우릴 대신해 줄 그 어느 국가나 조직도 없기 때문이네."

"그렇군요."

한마디로 실패하면 바보 천치가 되어 조롱거리 아니면 경멸하는 눈초리만 돌아온다는 뜻이다.

　"하하하, 어렵게 생각할 것 없네. 아마 정글에서 살아남는 법을 생각해 보면 쉽게 이해되리라 보네."

　정글의 진리라면 강자가 약자를 지배하는 약육강식이다.

　"약육강식 말입니까?"

　"맞는 말이네만 우린 좀 달리 표현하고 있네."

　"……?"

　"약자라도 끈질기게 살아남는 자가 진정한 강자라는 거지. 즉, 강자라도 살아남지 못하면 결국 약자일 수밖에 없다는 거야. 그것이 바로 첩보전의 세계를 두고 말하는 진리일세."

　우리가 흔히 하는, '강한 자가 살아남는 게 아니라 살아남는 자가 강하다.'라는 말이었다.

　'후후훗, 그야말로 진리로군.'

　담용은 끈질기게 살아남는 자가 진정한 강자라는 말에 공감이 갔다.

　이는 비굴하든 어쩌든 수단과 방법을 가리지 않고 살아남아 소기의 성과를 이루어 국가나 조직에 충성할 수만 있다면 그 자체가 진정한 강자라는 뜻이었다.

　"첩보전의 세계를 정의한다면 이렇게 말할 수 있네. 약육강식과 적자생존의 전장이라고."

"환경에 적응함과 동시에 강해야 한다는 뜻이로군요."

"정답일세. 그 말은 곧 그만큼 살벌한 곳이기도 하다는 거지. 그래서 말인데…… 이쯤에서 육 담당관이 반드시 기록해 놓아야 할 일이 있네."

"기록이라면…… 뭐지요?"

"육 담당관이 자필로 쓴 유서라네."

스윽.

"……!"

차민수가 주저 없이 내뱉으며 한 장의 양식을 내미는 행동에 담용은 일순 멍한 표정을 짓더니 종이 쪼가리를 일별하고는 말했다.

"유, 유서요?"

"그러하네. 블랙 요원이라면 누구나 예외 없이 거쳐야만 하는 절차지."

'헐—!'

유서라는 그 한마디가, 아니 그 자체가 마치 담용 자신을 불구덩이 속으로 밀어 넣는 불 막대기만 같이 느껴졌다.

"쉴 시간도 되었고 하니 잠시 쉬는 틈을 이용해 작성하도록 하게. 그럼 20분 후에 보세나."

"그러죠."

"다음 시간에는 브라보 팀장과 같이 올 테니 내일 있을 일에 대해 논의해 보세."

"알겠습니다."

등을 보이고 돌아서는 차민수의 모습이 조금은 매정해 보이는 것은 아마도 눈앞의 유서 양식과 무관하지 않은 것 같았다.

'유서라…….'

특전사에서도 유사시를 대비해 몇 번 써 봤던 경험이 있는 유서다.

하지만 당장 발생한 실제 상황이 아님에도 불구하고 지금의 유서 작성은 특전사 시절 유서를 쓰던 연습과는 체감되는 기분이 많이 달랐다.

마치 이 유서를 작성하게 되면 그대로 내 인생의 마지막 날이 될 것만 같은 기분이 들었다.

'기분 참…… 묘하네.'

그러나 여기까지 와서 망설일 수는 없는 일이라 담용은 더는 망설이지 않고 펜을 들었다.

비록 연습이지만 유서를 써 봤던 경험을 바탕으로 무리 없이 써 나가던 담용은 그리 오래지 않아 날짜를 기입하고 서명을 하는 것을 끝으로 펜을 놓았다.

이어서 봉투에 넣고 밀봉을 했다.

'이걸 개봉할 일이 없으면 더 좋겠지?'

적어도 은퇴할 때까지는 그럴 일이 없었으면 하는 바람이었고, 자신으로 인해 동생들의 눈에서 눈물이 흐르지 않았으면 했다.

"후우, 조금 피곤하군."

정말로 그랬다.

정말 딱 잠만 자는 시간만 준 것 외에는 계속되는 강행군이다.

비록 사흘뿐인 연수라지만 원액만 우려낸 교육으로 그 질이 무척 높다는 생각이다.

'쯧, 어젠 좀 무리했지.'

원인은 거기에 있었다.

잠을 줄여 가면서까지 차크라의 명상을 했다지만 피곤이 완전히 가신 것은 아니었다.

다름 아닌 신입 요원들의 훈련장인 모 부대에서 시범을 보였던 데서 비롯됐다.

즉, 상급 요원으로서의 월등한 능력치를 보여 주느라 무리를 한 탓이었다.

'훗! 사기꾼 기질이 다분했어.'

어제 일자의 연수 담당이었던 이정식 과장을 두고 하는 얘기다.

이정식 과장이 담용에 대한 프로모션과 더불어 부추기까지 한 행동 모두가 한 편의 잘 짜인 각본이었음을 끝나고서야 알았지만 이미 늦은 후였던 것이다.

그러나 이미 지난 과거의 일.

무사히 감내를 해낸 데다 아울러 능력치를 맘껏 보여 줬으면 그걸로 만족이었다.

'어디 연락이라도 온 곳이 있나?'

담용이 주머니에서 휴대폰을 꺼내 액정을 살폈다.

잠깐이지만 이렇듯 짬을 이용해 메시지를 살피는 것이 유일한 낙인 요즘이었다.

'어이구, 많이도 와 있네.'

부재중 전화는 물론 메시지들이 수두룩했다.

수많은 메시지를 대부분 흘려 버린 담용이 족집게처럼 집은 것은 몇 명 되지 않았다.

아쉬워도 지금은 일일이 답장을 해 줄 상황이 되지 못했다.

고르고 고른 중에 연인인 정인의 메시지가 가장 먼저 나타났다.

담용 씨, 출장지는 지내기가 괜찮은가요? 목소리를 들었으면 좋겠지만 들은 말이 있으니 참을게요 ^^: 보고 싶어요. 날이 너무 더워요. 몸조심하세요. ♡♡♡

"쩝, 정인 씨, 나도 보고 싶답니다."

정인에게도 동생들에게처럼 출장을 간다고만 말해 뒀었다. 통화도 좀 어려울 거라고 한 탓에 메시지만 보내온 것이다.

정인 씨, 전 잘 있어요. 출장이 끝나는 대로 연락드릴게요 ^^

"다음은 혜린이로군."

오빠, 잘 지내죠? 동생들은 이상 없답니다. 무사 귀환을 바라요.
^^

"후훗, 짜식."
입가에 미소를 띤 담용이 간단히 답장을 했다.

그래, 오빤 잘 지내고 있으니 걱정 마라. 월요일에 보자꾸나.

"도원이 녀석이네."

어이! 왜 코빼기도 안 보여? 술 한잔해야지?

"짜식. 인마, 언제까지 숨길 거냐? 모른 척하기도 괴롭구
만."
당연히 혜린이와 사귄다는 사실을 고백하란 얘기다.

이번 주엔 좀 바빠. 다음 주에 연락할 테니 그때 보자.

'호오, 종석이로군.'

담용아, 권 의원님이 찾으시는데 언제 미팅이 가능하냐?

'권 의원이 날 찾는다고? 무슨 일이지?'
하지만 무슨 일이 있든 지금은 꿈쩍도 할 수 없는 처지라 할 수 있는 게 없었다.

나 지금 출장 중이다. 중요한 일이라 당장 어떻게 할 수 없으니 의원님께 다음 주에 찾아뵙겠다고 전해 줘.

"에, 또…… 다음은……."
담용은 한참이나 다른 메시지를 흘리며 지나쳤다.
그러다가 문득 익숙하면서도 오랜만인 이름이 하나 걸렸다.
"어라? 만박이 녀석이잖아? 헐! 이제 얼추 바쁜 공부는 끝냈나? 연락을 다 해 오고."
만박은 담용에게 있어 조금 특별한 녀석이라 언제나 마음 한편에 담아 두고 있는 지인이었다.
그래서 더 반가운 마음에 얼른 메시지 내용을 살펴보았다.

큰형님. 오랜만에 연락드립니다. 잘 계시지요? 근데 통화가 안 되네요? 죄송합니다만 긴급히 상의할 일이 있사오니 연락을 좀 부탁드립니다.

"응? 긴급한 일이라고?"

담용은 그 단어 하나에 생각할 것도 없다는 듯 그대로 센드 버튼을 눌렀다.

담용이 아는 만박은 경솔한 아이가 절대 아니었던 것이다.

기다리고 있었던지 신호가 가자마자 전화는 곧장 연결됐다.

-큰형님?

"그래, 나다."

-이히힛. 메시지를 넣자마자 금세 연결됐네요.

"어? 그랬어?"

-예. 마음은 바쁜데 통화가 안 되기에 답답하던 차였어요.

"아, 전화를 받지 못할 곳에 있어서 그래. 그동안 잘 있었고?"

-옙! 열심히 공부하느라 연락도 못 드렸습니다.

"나도 그럴 줄 알고 연락을 하지 않았다."

-히히힛, 그래도 서운하던걸요.

"짜식. 그래, 무슨 일이기에 긴급이란 용어를 다 쓰고 난

리냐?"

　─아, 예. 폐일언하고 용건만 말할게요.

"그렇게 해. 나머지 얘기는 만나서 하기로 하고."

　─예. 혹시 요즘도 야쿠자들하고 관련해서 일을 하고 있는지요?

"응? 야, 야쿠자?"

　─예.

'아니! 인석이 어디서 정보를 듣기라도 했나? 왜 그걸 묻지?'

물어 온 시기가 참 묘하다.

만약 정보가 샜다면 총체적 난국이다.

이번 일은 극비로 시작되어 극비로 묻어 버려야 할 사건인 것이다.

갑자기 박동 수가 빨라진 탓에 혈류도 빨라져서인지 담용의 얼굴이 금세 붉어졌다.

'후욱. 후후욱!'

급한 대로 몇 번의 심호흡으로 마음을 가라앉힌 담용이 침착한 어조로 물었다.

"만박아, 그건 왜 묻는 거냐?"

　─그, 그게요. 실은…….

"실은?"

　─사실은 제 큰고모님이 서초동에서 사채업을 하고 계세

요.

"뭐? 큰고모님이 사채업을 한다고?"

—예. 말씀은 못 드렸지만…… 제가 보기엔 꽤 규모가 큰
것 같아요.

"흠, 너 지금 어디냐?"

—서초동에 있는 큰고모님 사무실요.

"그래? 흠, 계속해 봐라."

—큰고모님이 그러시는데 야쿠자들과 국내의 사채업자들
이 공동투자를 할 계획이라네요.

"어? 그래?"

—예. 근데 큰고모님이 야쿠자들과 연관되는 게 불안하신
가 봐요. 그래서 저더러 제 선배들에게 좀 물어봐 달라고 하
기에 큰형님이 생각나서 전화한 거예요.

"인석아, 그럼 바쁜 것도 아닌데 긴급한 일이라고 그러
냐?"

담용은 슬쩍 떠보듯이 시큰둥한 어조로 물었다.

—아, 그게 말이죠. 저쪽에서 오늘 3시 반까지 참여할 것
인지 말 것인지 답을 달라고 해서요.

"뭐? 3시 반이면 다 됐잖아? 인마! 그걸 왜 인제 얘기해?"

—헤헤헷, 저도 방금 들어서요. 그래도 큰형님이시라면 대
충 꿰고 있을 것 같아서요.

"인마, 나도 좀 알아봐야 알 수 있는 거지. 고작 10분도 안

남은 상황에서 무슨 수로 알겠어?"

 ―그럼 이 사안에 대해서는 모른단 말씀이시네요.

 "짜식. 그러니까 간단하게 말해서 큰고모님께서 야쿠자들이 낀 상태에서는 투자를 할까 말까 하고 망설인단 얘기 잖아?"

 ―그, 그렇지요.

 "그러시다면 당장 포기하시라고 해."

 ―에? 이유가 뭔데요?

 "이유?"

 ―예. 뭔가 그럴 듯한 이유가 있어야 설득을 시키죠.

 "이유는 없어. 있다면, 나중에라도 내가 다 빼앗아 올 거니까. 그럼 거지가 되거나 엄청난 손해를 보게 되겠지?"

 ―에혀. 그야…… 근데 그런 이유로는 설득이 어렵겠는데요.

 "후후훗, 그걸로 설득시키기에는 임팩트가 약하단 말이냐?"

 ―헤헷. 솔직히 그게 사실이라도 그렇게 말할 수는 없죠. 저야 당연히 믿지만요.

 "흐흐흐, 그렇긴 하지. 너 지금 혼자 있냐?"

 ―예. 탕비실에 와서 전화받고 있어요.

 "인석아, 탕비실이 아니라 다용도실이나 준비실이라고 해. 배웠다는 놈이 일본 말과 우리말 구분도 못 하냐?"

바인더북

-어? 그게 일본 말이었어요?

"됐고. 큰고모님께 이렇게 전해. 드라공 루팡이 움직였다고."

-아아아, 그럼 정말로 큰형님이 움직이…….

"어허! 쉿! 조용."

-흡! 죄, 죄송합니다.

"설마 그대로 전하려는 것은 아니겠지?"

-히히힛, 그럼요. 제가 짱굽니까? 그냥 무조건 하지 말라더라고 전하겠습니다.

"고작 그 한마디로 믿으시겠냐?"

-헤헤헷. 사실은요. 큰고모님이 서울대 출신이라면 끔뻑 죽거든요. 그러니 서울대 선배들이 그렇게 말했다고 하면 더 끔뻑 죽을 것은 확실하거든요.

"끙. 큰고모님도 일류병에 걸리셨구나."

-에헤헤. 쬐끔 그런 편이긴 해요.

"짜식. 대우받겠는데?"

-그렇기는 한데요. 저희 엄마랑은 상극이라서 좀 그래요. 아무튼 감사해요, 큰형님.

"그래. 언제 시간 나면 연락하고 와라."

-옙! 맛난 거 사 주세요. 이만 끊습니다.

"그래."

"혹시 무슨 다른 정보라도 온 건가?"

담용은 진즉부터 두 사람이 옆에 선 것을 느낀 터라 폴더를 닫고 대답했다.

"예. 연관된 것 같긴 한데 별로 중요하지 않네요."

"그래? 하긴 지금쯤이면 잡다한 정보가 들어오기 마련이지. 자, 인사부터 하게."

"예."

"여긴 차장님께서 말했던 우리 국내 파트의 브라보 팀장인 정광수 요원이네."

"아! 반갑습니다. 육담용입니다."

"뵙게 되어 영광입니다. 브라보 팀을 맡고 있는 정광수라고 합니다."

"예. 잘 부탁드립니다."

"저야말로 잘 부탁드립니다."

'하이고오! 저자세로 나오는 걸 보면 이 양반이 또 부풀려서 얘기한 모양이군.'

악수를 하는 브라보 팀장의 눈빛만 보고도 담용은 짐작했다.

'쩝, 적당히 하지.'

하기야 국정원 최초의 초능력자이니 입이 근질거릴 법도 하다. 그러나 거기까지는 말해 줬을 리는 없을 것이다.

특급 비밀 사항으로 분류되어 있는 사안이었으니까.

'흠, 꽤나 강단이 있어 보이는 인상이로군.'

체구는 그리 크지 않았지만 척 보기에도 날렵하면서도 탄탄한 몸매였다.

"그러고 보니 두 사람이 공통점이 있군그래."

"......?"

"뭔 말인고 하니, 정 팀장 역시 군 출신이거든."

"아, 예."

"특임대 출신입니다."

묻지 않았음에도 정광수가 먼저 밝혔다.

"그러시군요. 저는 특전사 출신입니다."

"자, 자. 자세한 소개는 시간이 나면 하기로 하고 두 사람다 앉지. 할 얘기가 많다고. 현장 상황도 점검해 봐야 할 테니 시간이 너무 **빡빡해**."

차민수의 말에 두 사람이 자리에 앉았다.

"정 팀장이 먼저 얘기하지."

"알겠습니다. 먼저 말씀드릴 것은 이번 작전의 명칭이 '문무대왕'으로 정해졌다는 것입니다."

"문무대왕요?"

"하핫, 좀 뜬금없는 말 같겠지만 통일신라의 호국을 염원한 대왕이시라 그렇게 정했습니다."

"아아, 비록 야쿠자라고는 하지만 일본이 개입됐다는 상징적 표현이로군요."

"그렇습니다. 그럼 이제부터 저희 팀이 조사한 바를 말씀

드리도록 하겠습니다. 장소는 알고 계시다시피 남사면의 Y
농공 단지 내에 있는…….”

　　그렇게 정광수 팀장의 말이 계속 이어지는 것을 시작으로
세 사람은 내일 있을 작전에 대해 숙의에 들어갔다.

작전명, 문무대왕 Ⅱ

2000년 8월 21일 일요일.

어둠의 장막이 내린 지도 한참인 23시경의 하늘은 드문드문 구름이 걸려 있었고, 이제 막 생긴 하현달, 즉 우리가 흔히 알고 있는 반달이 둥실 떠 있었다.

고로 사위는 굳이 가로등이 아니어도 그리 캄캄하지는 않아 물체를 식별하지 못할 정도는 아니었다.

그 시각에 담용은 정광수 팀장 그리고 브라보 팀원 세 명과 함께 서울 톨게이트를 관리하는 사무실, 즉 도로공사 사무실에 와 있었다.

'23시 22분.'

슬쩍 손에 든 휴대폰의 시간을 확인한 담용은 아직 시간적 여유가 있음을 알고는 생전 처음 들어와 본 사무실을 그제야 둘러보았다.

몇몇 직원들만 남아 있는 사무실은 야심한 시각이라 그런지 휭했지만 비교적 안정되어 있는 분위기였다.

그런데 갑자기 어수선해지는 느낌에 한쪽 구석을 쳐다보니 제복을 입은 아주머니(?)들이 분주하게 뭔가를 준비하는 모습이 눈에 들어왔다.

아주머니들이라고 하기에는 무척이나 젊어 보이는 모습이지만 요즘은 저런 겉모습으로만 판단했다가는 실수하기 딱 좋다.

화장술의 발달인지는 몰라도 여자의 나이를 가늠하기란 정말 쉽지 않은 요즈음이다.

조용히 부산을 떠는 아주머니들은 아마도 부스 안에서 말번 근무에 들어가는 수납 직원들로 여겨졌다.

'교대 시간인가 보군.'

작전을 앞두고 있는 지금 그 어떤 움직임도 예사로 보아 넘겨지지 않는다.

뜬금없고 생판 관계도 없을 인물들의 움직임에도 눈이 가는 것은 처음 작전에 임하는 초짜의 심리일 것이라는 것을 알고 있으면서도 여간 신경이 쓰이지 않는다.

'확실히 나 홀로 움직일 때보다는 모든 게 편리하군.'

도로공사 사무실에 들어와 있는 것 자체가 국정원, 아

니 제2차장인 조택상이 도로공사에다 협조 요청을 한 결과였다.

국정원장이 직접적으로 명을 내리지 않은 것은 만약을 위해 한 자락 깔고 가는 조치라 할 수 있었다.

만약이란 최악의 경우 정치 쟁점화로 번지게 되는 불상사를 말하는 것이다.

하지만 제2차장의 협조 요청, 그것도 구두 요청일지라도 한국도로공사 측에서는 감히 무시하지 못하고 작전명 문무대왕에 필요한 제반 작전에 대해 적극 협조하기로 약속이 되어 있었던 것이다.

물론 상하 관계처럼 명령을 하고 수행하는 것이 아니라 수평적 협력 관계다.

고로 고속도로 및 국도 등에는 현재 보이지 않는 비상이 걸린 상태였다.

당연히 특정인들만을 위한 비상 상황인 것이다.

아울러 경기 경찰청 역시 예외는 아니어서 유사시 차량의 통제를 맡아 차단 및 통행을 유기적으로 조절할 수 있게 협조하기로 되어 있는 형국이었다.

이 외에도 여차하면 헬기까지 동원하는 입체 작전도 불사할 수 있도록 조치를 해 놓기도 했다.

당연한 말이겠지만 각 부서에 문서로 남는 협조 공문이 발송된 것은 아니다.

앞서 언급을 했듯이 자칫 일이 잘못됐을 때 꼬투리가 잡혀서는 곤란하다는 것이 그 이유였다.

엄밀히 따지면 국정원은 정보만 제공하는 역할일 뿐 직접 작전에 나설 수가 없다.

하지만 이번 사안만큼은 막대한 자금이 걸려 있는 관계로 직접 작전에 나선 참이었다.

그러나 이런 사정은 어느 부서에서도 모르고 있었다.

그도 그럴 것이 관련 부서에서도 협조 요청만 받았을 뿐 어느 부서에서 주관하는 작전인지를 알 수가 없는 것이다.

또한 당연하게도 물경 1조에 달할지도 모를 현금수송 차량을 터는 일임을 알 리도 없었다.

작전명이야 더더욱 국정원 내부의 용어였으니 새어 나갈 여지가 없었다.

이래저래 성공하게 되면 대박이 따로 없는 작전이다.

'23시 33분.'

다시 한 번 쳐다본 휴대폰의 시간은 조금 전보다 11분이 더 지나 있었다.

'연락이 올 때가 됐는데…….'

담용이 휴대폰을 손에 들고 있는 이유가 바로 진동음이 느껴지는 순간 곧바로 통화를 하기 위해서였다.

"연락은 아직입니까?"

무전기를 든 정광수가 조심스럽게 물어 왔다.

정광수 역시 초조하게 연락을 기다리는 이유는 브라보 팀원들이 움직일 타이밍이 거기에 달렸기 때문이다.

"예. 조금 늦네요."

"연락할 수 없는 상황일지도 모르지 않습니까?"

"그럴지도 모르죠. 50분까지만 기다려도 연락이 안 오면 B안을 택해서 움직이도록 하지요."

"알겠습니다. 그럼 45분에 미리 부하들에게 알리도록 하겠습니다."

"능동적으로 움직여야겠지요."

11시 50분이 되면 별도의 명령이 없더라도 자동적으로 움직일 수 있게 하겠다는 얘기였지만 담용이 지휘를 맡은 터라 정광수가 허락을 받아야 했다.

정광수가 통신을 위해 무전기를 켰을 때, 담용이 쥐고 있는 휴대폰에서도 진동이 느껴졌다.

드르르. 드르르르……

'와, 왔다.'

흘깃 본 이름은 JKS였다.

편수익의 사무실에서 근무하는 장강식의 이름을 담용 나름대로 암호화해 놓은 이니셜인 것이다.

"팀장님, 알리지 말고 잠시만 대기하세요."

"아, 예."

통신을 하려는 정광수를 말린 담용이 얼른 수신 버튼을 누르고는 가명을 말했다.

"진기명이오."

—접니다.

"수고가 많소. 전할 것이 있으면 빨리 말하시오."

—예. 지금 만남의 광장인데…….

"아직 출발 전이로군요."

—그렇습니다. 방금 결정이 났는데요. 야쿠자들이 맨 후미에서 따라오기로 결정을 봤습니다.

"걔들 차량은 몇 대요?"

—열네 댑니다.

"차종은?"

—5톤 냉동탑찹니다. 전부 흰색이고요.

"알겠소. 혹시 야쿠자들이 총기를 휴대한 것 같지 않았소?"

—그건 잘 모르겠습니다.

"알았소. 또 다른 건?"

—차량은 모두 일흔네 댑니다. 현금을 실은 트럭이 예순한 대, 나머지는 유사시를 대비한 경호원들이고요. 인원이 꽤 되는 것 같은데 정확한 숫자는 알 수 없고…… 음…… 대략 150명 정도로 추정됩니다.

'헐! 150명이라고? 이거야…… 특전사들을 차출하지 않았으면 큰일 날 뻔하지 않았나?'

차민수 과장으로부터 이번 작전에 모 여단의 특전사들을 대거 동원해 손발을 맞춰 왔다는 말을 듣긴 했지만 그렇더라도 예측 한번 기가 막히게 들어맞았다는 느낌이다.

"무기를 지니고 있소?"

─겉으로 드러난 건 없습니다.

"이동 경로는요?"

─경부고속도로 신갈 분기점에서 영동고속도로를 탑니다. 그러고는 용인 인터체인지에서 빠져나와 백옥대로를 통해 물류 센터로 갈 겁니다.

"알았소. 정각 12시에 출발하는 것 맞소?"

─맞습니다.

"언제 빠져나올 거요?"

─그건 제가 알아서 하겠습니다.

선뜻 대답이 나오는 것으로 보아 장강식도 그 나름대로 대비를 해 놓은 듯했다.

"연락은 그 번호 그대로요?"

─아닙니다. 이 전화번호는 제가 사라지는 즉시 없앨 예정이라 연락이 안 될 겁니다.

"하면?"

─아! 새로 개설한 전화번호를 메시지로 남길 테니 일이 끝나면 그 번호로 연락해 주십시오.

"알았소. 조심하시고, 혹시라도 다칠 수 있으니 가능한 빨리 탈출하시오."

─염려하지 마십시오. 그럼.

탁!

담용이 폴더를 덮자마자 정광수가 물어 왔다.

"뭐라고 합니까?"

"자정 정각에 출발할 거랍니다. 그리고 차량은 모두 일흔네 대인데 그중에 현금수송 차량은 예순한 대이고 나머지는 호위대 차량인데 인원이 약 150명 정도 될 거랍니다."

"짐작했던 것과 비슷한 숫자군요."

대충 차량 한 대에 세 명 내지 네 명이 붙을 것을 예상했기에 크게 차이가 나는 인원은 아니었다.

"이동 경로는 이곳에서 출발해 신갈 분기점에서 영동선을 타고 가다가 용인 IC에서 백옥대로를 이용할 거라고 하네요."

"고속도로에서 목적지로 곧장 진입하는 램프가 없어서 지방 도로를 탈 수밖에 없을 것입니다."

"흠, 지방 도로라면 왕복 2차선이겠지요?"

"예. 한번 사고가 나면 골치가 아픈 도로지요."

'쩝, 2009년도에 개통되는 남북대로가 있다면 작전이 좀 쉬울 텐데…….'

"그 역시 예상한 대로라 요원들이 작계대로……."

"잠깐만요. 저기…… 야쿠자들의 차량이 맨 후미라고 했습니다."

"그게 문제가 됩니까?"

"문제가 있다기보다는…… 팀장님, 지도를 잠시 봐 주시
죠."

좌라락.

담용이 지니고 있던 지도를 쫙 펼치더니 검지로 용인 IC
를 짚었다.

"인터체인지에서 빠져나와 백옥대로를 따라 주행하다 보
면 천리 삼거리에서 꺾어져 백자로로 이어집니다. 그리고 여
기……."

담용의 검지가 원천 교차로에서 멈췄다.

"작계대로라면 거긴 통과 예정 지점으로 되어 있습니다
만……."

"작계대로라면 그렇죠. 하지만 야쿠자들이 후미에서 따라
간다면 굳이 작계대로 진행하기보다는 사채업자들과 분리해
별도로 처리했으면 해서요."

"어떻게 말입니까?"

"후훗, 그건 가면서 말씀드리지요."

'쯧, 그 시간에 다른 차량이 없기만을 바라야지.'

"지금 12시 정각이니 일단 출발부터 하죠."

"아!"

담용의 말에 퍼뜩 정신을 차린 정광수가 무전기를 켰다.

치익.

"당소 제이, 병아리들이 싸릿대 우리를 떠났다, 오버."

—제이 원. 현재 눈으로 보고 있음.

—제이 투. 감 잡았음.

—제이 스리. 이동 준비 완료.

그렇게 제이 원에서부터 시작된 보고가 줄줄이 이어지더니 제이 텐을 끝으로 멎었다.

1개 조에 10분의 1, 즉 열한 명이 한 조가 되어 움직이고 있는 중인 것이다.

군의 편제에 따라 '1'은 지휘관으로 국정원 요원이 맡았고 '10'은 국정원 요원과 특전사 대원이 함께하고 있었다.

고로 10개 조이니 총인원은 110명인 셈이다.

상대의 숫자를 예상한 조택상 차장이 대규모의 작전이 될 것을 예상하고 모 여단의 협조를 구해 특전사들을 대거 차출한 것이다.

더욱이 이미 담용의 입에서 말이 나오면서부터 서서히 준비해 손발을 맞춰 왔던 터라 큰 무리는 없을 것이라고 했다.

물론 당연하게도 특전사 대원들은 전원 사복 차림이다. 무기도 일괄적으로 권총을 지급했다.

권총 정도는 기본 무기에 속하는 특전사 대원들이라 지급하는 데는 어려움이 없었다.

권총의 종류는 특전사 대원들이 주로 사용하는 LH9과 담용이 국정원에 반납한 베레타를 골고루 나눠 준 것이다.

베레타는 여수에서 강탈해 온 권총이었다. 물론 저격 총 두 정도 같이 반납한 상태다.

이는 야쿠자들이 권총을 소지하고 있다는 것을 전제로 한 무장으로, 굳이 쓸 일이 없다면 사용하지 않을 작정이었다.

고로 권총은 만의 하나를 위한 무장일 뿐이고 주력 무기는 대검이나 충정봉이었다.

"우리도 출발하지요."

"아, 예."

후미 차량에서 비치는 강렬한 전조등을 뒤로하고 앞서 달리는 검정색 승합차는 담용의 일행이 타고 있는 차량이었다.

그런데 담용에게서 무슨 말을 들었는지 정광수가 기겁을 하고는 말까지 더듬었다.

"헉! 다, 담당관님, 그 작전은 너무 위험합니다. 혼자서 무슨 수로 수십 명을 상대한답니까? 마, 말도 안 됩니다."

"혼자가 아니지 않습니까? 방금 뒷좌석에 계시는 세 분 요원을 지원해 달라고 한 것 같은데요?"

"어이구, 지원해 드리는 것이야 어렵지 않지만 달랑 넷이서 어쩌자는 겁니까? 놈들은 총기를 가졌단 말입니다."

"후후훗, 저도 죽고 싶지 않은 사람입니다. 세 분 요원들도 다치게 하고 싶지 않고요."

"그런데 왜 자꾸 고집을……."

"고집이 아닙니다. 제 나름대로 방안이 있으니 그렇게 해 주십시오. 대신에 사채업자들은 팀장님이 맡아서 확실하게 처리하십시오."

"그 작자들을 처리하는 것이야 손바닥 뒤집는 것보다 쉬운 일이지만 야쿠자들은 거침이 없는 놈들이라……."

"하하핫, 그래도 인원이 100명이 넘습니다. 그것도 대부분 경호업체 직원들이라고 하니 그렇게 쉽지만은 않을 것입니다. 저야 야쿠자 놈들을 잡도리한다고 해도 뭐라고 할 사람이 없지만 경호업체 직원들은 정당하게 의뢰를 받아 일을 하고 있는 사람들이니 자칫하다간 시끄러워질 수도 있단 말입니다."

담용의 말대로 불상사가 생기기라도 하면 일파만파가 되어 적지 않은 부담으로 작용될 여지가 많았다.

경호원들이야 그렇다고 쳐도 경호업체를 운영하는 오너들은 기업체의 성향상 부富와 권력을 지닌 인물들과 교류가 있거나 연관을 맺고 있을 확률이 농후했기 때문이다.

"그야 그렇긴 합니다만……."

담용의 말에도 종내 정광수는 말끝을 흐리는 것으로 보아 마음이 무거운 듯했다.

바인더북

'참, 내. '나 초능력자요.'라고 말해 줄 수도 없고…….'

말을 한다고 해서 믿겠냐마는 기실 야쿠자가 아니라 야쿠자 할아비라도 담용의 상대가 될 수 없다는 것은 사실이었다.

하지만 이를 곧이곧대로 말해 줄 수 없다 보니 가슴이 답답해져 왔다.

'의외로 간단하게 해치울 수 있는데…….'

정말 생각보다 간단하게 처리할 묘안이 선 상태였다.

물론 인명 피해가 생길 확률이 높았지만 대한민국에 해코지하려고 모여든 야쿠자들이라 양심의 가책 따위는 생기지 않았다.

'아, 정 팀장이 차 과장에게서 나에 대해 뭔가를 들은 눈치였지?'

퍼뜩 그 생각이 난 담용이 물었다.

"혹시 차 과장님에게 저에 관해서 들은 말이 없었습니까?"

"아! 이, 있었죠."

"뭐, 무슨 말을 들으셨든 직접 눈으로 보기 전에야 믿기 어렵다는 건 압니다만 최악의 경우에도 일에는 차질이 없게 할 테니…… 그 얘긴 그쯤하지요."

담용은 믿거나 말거나 더는 말하지 않았다.

"후우! 알겠습니다. 그렇다면 뒤처리는 어떻게……?"

"기회가 온다면 도로상에서는 결행할 수 있겠습니다만 그리 쉽지는 않을 겁니다. 하지만 방금 떠오른 계획이다 보니 문제가 한 가지 있네요."

"뭡니까?"

"야쿠자들의 차량을 유인할 장소가 마땅치 않아서요. 혹시 뒤에 계신 세 분 중에 원천 오거리 부근의 지리를 잘 아시는 분이 있는지요?"

"아, 제가 조금 알고 있습니다만……."

"어? 그래요?"

담용이 반가운 마음에 룸 미러로 살펴보니 맨 앞에 앉은 요원이었다.

'이름이…… 김칭식이었던가?'

한번 보고 들은 것들을 잊지 않는 재주를 지닌 담용이었으니 틀림없을 것이다.

"김 요원께서 아신다고요?"

"예. 제가 명지대 용인 캠퍼스 출신이라서요."

"아! 지도상에 명지대가 있던데 그곳 출신이었군요. 정말 잘됐습니다. 안내를 부탁드려도 되겠습니까?"

"하지만 자세히는 잘 모릅니다. 기숙사나 학교 근처에서 통학한 것이 아니라서요."

집에서 통학을 했다는 뜻이다.

"그래도 대충은 알고 있지 않겠습니까? 뭐, 야쿠자들이 몰고 있는 트럭 열네 대와 승합차 두 대, 도합 열여섯 대 정도

주차할 공간, 아니 어쩌면 몇 대 더 추가될 수도 있겠네요."

"그 정도라면 한 군데가 있습니다."

"어, 어딥니까?"

"제가 알고 있기로는 원천 오거리에서 우회전해서 곧장 직진하다 보면 도로변 우측에 공원묘지를 조성하고 있는 곳이 있습니다. 졸업한 지 7년째라 지금은 사정이 어떤지 잘 모르겠습니다. 하지만 아직까지 공사 중이든 현재 운영 중이든, 그 정도 차량이 머물 수 있는 주차 공간은 충분할 것으로 여겨집니다."

"하하핫, 공원묘지라면 잘됐군요."

공원묘지의 특성상 주차 공간을 확보하는 것은 필수였기에 충분할 것이다.

"공원묘지라…… 하하핫, 어째 시간도 장소도 딱 어울리는 것 같지 않아요?"

"하핫, 그곳으로 정하신다면 제가 자신 있게 안내할 수 있습니다."

"당연히 부탁드려야지요. 그리고…… 정 팀장님."

"예?"

"동행하고 있는 세 분 요원을 제게 양보해도 지장이 없겠습니까?"

"괜찮습니다. 어차피 그러려고 차출한 요원들이니까요."

"감사합니다."

"아무튼 조심하시기만을 바랄 뿐입니다."

"명심하지요. 그럼 정 팀장님은 기흥 휴게소에서 갈아타시죠."

"그러죠."

대답을 한 정광수가 뒤에서 달려오는 트럭을 힐끗 쳐다보고는 무전기를 들었다.

치익.

"당소, 제이. 제이 원, 나와라."

─당소, 제이 원. 말하라. 오버.

"귀소, 지금 어딘가? 이상."

─기흥 휴게소 출구에 있다, 오버.

"귀소는 거기서 나를 태우도록. 이상."

─당소, 수신 완료! 오버.

틱.

무전기를 끈 정광수가 말했다.

"잘됐네요. 놈들의 의심이 한창 고조되어 있을 때이니 의심을 사지 않기 위해서라도 휴게소를 들르는 것도 괜찮겠습니다."

'맞아, 지금은 짧은 거리를 주행했을지라도 의심의 대상이 될 수 있지.'

자정이 막 넘은 시각이라 고속도로는 상행선만 주말여행에서 돌아오거나 아니면 막바지 휴가를 다녀오느라 분주했지 하행선은 지극히 한산한 편이었다.

단지 야행성 짐승이라도 되는 양 어디서 튀어나왔는지 갑자기 대형 트럭들이 많아진 기분이긴 했다.

질주 본능인 양 달리는 속도도 장난이 아니다.

그렇다고 해도 출발한 지 얼마 되지도 않은 탓에 촉각을 곤두세우고 있을 호위대의 눈에 자주 띄어서는 곤란했다.

'그렇지. 차량을 바꾼 다음 미리 가서 도로 사정을 파악해 놓고 기다리고 있으면 되겠네.'

내심의 결정이 훨씬 효과적이라고 여긴 담용이 입을 열었다.

"정 팀장님, 놈들의 눈에 익었을 수도 있는 이 차량을 제이 원 요원들이 타고 있는 차량과 바꾸었으면 하는데요?"

"아아, 무슨 말인지 알겠습니다."

지금 타고 있는 차량이 눈에 익었을지도 모르기에 하는 말임을 안 정광수가 흔쾌히 응했다.

"하하핫, 그게 뭐 어렵겠습니까?"

호탕한 웃음을 터뜨리던 정광수가 몸을 뒤로 젖히더니 세 요원에게 말했다.

"방금 들었다시피 세 사람은 내가 이 차에서 내리는 순간부터 육 담당관님의 명령을 따르도록 해."

"옛! 알겠습니다."

김창식이 세 사람을 대신해 대답했다.

"육 담당관님의 능력에 대해서는 차 과장님께 들은 바가 있다. 나도 직접 옆에서 보거나 경험해 본 바는 없지만 우리 요원들 100명이 덤벼도 당하지 못할 능력자라고 하셨으니 그렇게 알고 있도록."

　"옛!"

　힘 있게 대답은 했지만 그리 실감 나는 말은 아니었다.

　국정원 요원 100명과 맞상대라니.

　안심을 시켜 주기에는 턱도 없는 말이다.

　계급이 깡패라는 말을 해 주고 싶지만 한편으로는 적어도 그럴 만한 능력을 지니고 있기에 저런 말을 한다 싶은 생각이 드는 김창식이다.

　김창식이 정광수의 안색을 슬쩍 살피니 자신의 입으로 말해 놓고도 머쓱해하고 있음을 알았다.

　'쿠쿡, 자기 눈으로 직접 확인하지 않고는 절대로 믿을 사람이 아니지.'

　정광수의 성향이 원래부터 그랬다기보다는 요원들의 신변 안전을 먼저 생각하다 보니 그렇게 변한 것이다.

　"육 담당관님, 요원들을 잘 부탁드립니다."

　"하하핫, 그거 부탁 맞습니까?"

　"예?"

　"제 귀에는 요원들의 몸에 생채기 하나 나지 않은 상태 그대로 데리고 오라는 협박으로 들려서요."

"엥? 그렇게 들렸습니까?"

"후후훗, 뭐, 요원들을 아끼는 마음에서 한 말로 알아듣겠습니다. 당연히 털끝 하나 다치지 않고 그대로 모셔다 드릴 거고요, 하하핫."

대책 없는 담용의 장담에 정광수도 어쩔 수 없었는지…….

"하하하…… 정밀 검사를 할 테니 각오하셔야 할 겁니다."

"하하핫, 좋을 대로 하십시오."

BINDER
BOOK

작전명, 문무대왕 Ⅲ

부아아아앙-!

담용의 일행이 탄 승합차가 어둠에 잠긴 국도, 즉 백자로를 시원하게 내달렸다.

"김 요원, 앞에 원천 교차로 같은데요?"

"아, 그대로 직진하십시오."

"옛썰!"

부아앙!

조금은 거친 운전 솜씨를 보이는 담용이 교차로를 신속하게 빠져나갔다.

"구 요원, 팀장님이 어디까지 왔는지 연락해 보세요."

동승한 구 요원의 이름은 구동진이다.

"옙!"

"아, 참. 제 호출명은 지비입니다."

지비는 담용의 코드명인 제로벡터의 이니셜이었지만 김창식과 두 요원은 그런가 보다 했다.

"지비. 알겠습니다."

치익.

"아아아, 당소, 지비. 귀소 현 지점이 어딘가? 이상."

─당소 제이. 현재 남리 교차로 진입로에서 대기하고 있다. 이상.

"물건은 어디까지 왔는가? 이상."

─방금 백옥대로를 막 빠져나오고 있는 중이란 연락을 받았다. 이상.

"당소는 현재 원천 교차로를 막 지났다, 이상."

─당소, 알았다, 이상. 통신 끝.

"담당관님, 지금……."

"아아, 말씀 안하셔도 됩니다. 저도 다 들었으니까요. 김 요원, 백자로 끝까지 갓길이 연결된 상탭니까?"

"그런 걸로 압니다."

"흠, 공원묘지까지는 얼마나 거립니까?"

"10분이면 넉넉하니 거의 다 온 셈입니다."

"어? 그래요? 10분이면 너무 가까운데……."

살짝 고민이 된 담용은 자신이 의도하고자 하는 작전에 적당치 않다는 생각이 들자 급히 브레이크를 밟았다.

끼이익!

"왜 멈추십니까?"

"더 가면 공원묘지와 너무 가까워집니다. 잠시만요."

덜컥!

담용이 차 문을 열고 차에서 내렸다.

세 요원들 역시 차례로 내리더니 담용의 곁에 섰다.

담용이 주위를 면밀히 살펴보니 우측은 산기슭에 면해 있고 좌측은 덕성천이라는 개울이었다.

"이 산이 뒷굴산이었던가요?"

"예, 맞습니다. 왼쪽 개울은 덕성천이고요."

지도상에 표기된 명칭이 그랬기에 김창식이 대답했다.

'산은 완만한데 도로변은 꽤 가파르군.'

산기슭을 깎아 만든 도로가 으레 그렇듯 그런 현상이 뚜렷했다.

사실 답사를 와야 했었다.

하지만 연수를 받느라 그럴 시간이 없었고, 한편으로는 차민수 과장이 맡아서 하는 일이라 믿는 바가 커서 등한시한 면도 없지 않았다.

기대한 대로 역시 국정원이 하는 일이라 그런지는 몰라도 작전 계획서를 보고 완벽에 가깝다는 생각을 했다.

하지만 장강식에게서 야쿠자들이 가장 후미에서 따르기로

했다는 말을 들은 후에는 애초 계획했던 작전의 수정이 불가피해졌다.

물론 계획대로 밀고 나가도 일에 차질이 없을 것임을 알지만 문제는 아군의 희생 역시 불가피하다는 점이었다.

그 점이 내내 뇌리에서 떠나지 않는 것이 불안했던 담용이 아군의 희생을 조금이라도 줄이기 위해 작전을 일부 수정한 것이다.

기실 누가 봐도 무리라 정광수가 그렇게 말렸던 것이다.

마흔 명이 넘는 야쿠자들을 상대로 담용을 포함한 달랑 네 사람만이 싸운다는 것은 말이 안 되긴 했다.

그것도 총기류로 무장했을 야쿠자들이라면 더더욱.

그래서 담용도 그 자신이 제아무리 일당백의 전사라고 해도 치밀한 작전을 세우지 않는다면 자신을 따라온 요원들의 안전을 장담할 수 없어 지형을 살피는 것이다.

'도로가……?'

2차선 도로였지만 협소하나마 갓길이 있는 터라 그리 좁아 보이지는 않았다.

그렇다고 트럭이 앞차를 추월할 정도로 넓은 것은 아니었다.

더욱이 지방 도로라 그런지 너무도 한적해 작전을 실행하기에 나빠 보이지도 않았다.

'그래도 두 대 정도는 문제가 생겨야 통행이 어렵겠지?'

그것으로 작전에 수정을 가한 담용이 김창식에게 말했다.

"김 요원, 속히 5톤 정도 되는 트럭을 수배해서 몰고 오세요. 차종은 물론이고 5톤 이상 트럭이라면 아무것이나 상관없습니다."

"알겠습니다."

이유는 없다. 담용의 말은 무조건 듣기로 한 터였으니까.

그렇다고 불가능한 일을 시킨 건 아니었다.

근처에 드물기는 하지만 지도상에도 표기된 공장들이 제법 있었던 것이다.

비록 뜬금없는 벼락 지시였지만 국정원 요원이나 되는 사람이 트럭을 구해 올 그만한 융통은 있다고 담용은 믿었다.

"동진이는 나와 같이 가지."

"그래."

"담당관님, 트럭을 구하게 되면 승합차는 적당한 곳에다 주차해 놓고 오겠습니다."

"그러세요."

어차피 지금부터는 쓸 일이 없는 승합차였고, 추후에 찾으러 오면 되었다.

김창식과 구동진이 승합차에 오르더니 급하게 떠났다.

"은신할 만한 곳이……?"

산기슭으로 몇 발자국 걸어가던 담용은 수풀이 우거진 곳을 발견하고는 안성맞춤이라고 생각했다.

문제는 아무리 봐도 자신이 은신할 만한 나무가 없다는 점이었다.

도로를 뚫느라 그랬는지 산기슭에 제대로 된 나무 한 그루 보이지 않았던 것이다.

담용은 할 수 없이 반대편으로 눈을 돌려 가로수들을 살펴보았다.

'후우! 어째 죄다 벚나무야.'

벚나무는 봄에 잠시 피었다가 지는 벚꽃이 만개하면 사람들에게 즐거움을 선사하지만 나무 자체가 낮고 가지가 잘 부러져 망루로 쓰기에는 적당치 않았다.

"담당관님, 뭘 찾으십니까?"

궁금했던지 최 요원, 즉 최갑식이 물어 왔다.

최갑식은 세 요원 중 가장 젊었지만 그래도 담용보다 예닐곱 살 정도 더 많았다.

"아, 좀 높은 나무를 찾는데 보이지 않아서요."

"올라가셔서 살피게요?"

"그런 나무가 있다면요."

"꼭 여기여야 합니까?"

"예. 가장 적당한 장소 같아서요."

"담당관님, 그런 용도라면 저 나무는 어떻습니까?"

사방을 두리번거리던 김창식이 곧 뭔가를 발견했는지 냇가 쪽을 가리켰다.

"제 눈에 익은 걸 보니 미루나무 같은데요?"

구동진이 가리키는 곳을 쳐다보니 덕성천 변 둔덕에 서너 그루가 삐죽 솟아올라 있는 것이 눈에 들어왔다.

미루나무는 늘씬한 아가씨의 다리처럼 곧게 쭉 뻗어 있어 전방을 관망하기에 적당했다.

"제 고향에 몇 그루 안 되는 군락지가 있어서 잘 압니다."

하기야 예전에는 흔한 나무였지만 요즈음은 찾아보기가 어려운 나무라 작으나마 군락지가 있다는 것이 신기할 정도다.

"거참, 왜 제 눈엔 안 보였지요?"

"원래 마음이 바쁘면 시야가 좁아지기 마련이지요. 게다가 벚나무에 가려져 있어 잘 살피지 않으면 찾기가 어려운 곳입니다."

'하긴 관망하기 좋은 산 쪽만 쳐다보느라…….'

"흠, 도로와 조금 간극이 있긴 하지만 별 지장이 없을 것 같으니 저는 미루나무에 올라가 있겠습니다."

"나무에 오르기가 쉽지만은 않을 것 같은데요."

"하핫, 제 재주 중의 하나가 나무를 타고 오르는 것이라 가능할 겁니다."

'참, 나. 나무만 타고 오른다고 해서 일이 되나? 당최 의도를 알 수가 없으니…….'

담용의 의도를 알 수 없는 최갑식은 답답했지만 곧 알게 될 것이라 여겨 참았다.

작전을 코앞에 두고 이토록 갑갑해 보기는 최갑식도 처음이었다.

그렇게 시간이 흐르고 '부웅!' 하는 소리와 동시에 불빛이 보였다.

반대편인 걸 보면 김창식이 트럭을 몰고 온 듯했다.

가까이 다가온 걸 보니 한눈에 보기에도 5톤 탑차다.

금상첨화와 다름없는 차종이었다.

'후훗, 용케도 구했네.'

중도에서 만나 같이 타고 왔는지 김창식과 구동진이 내렸다.

"어떻습니까?"

"하하핫, 굿입니다."

"하핫, 마침 Y제약 회사 마당에 탑차가 보이기에 잠시만 쓰자고 하고 빌려 왔습니다."

"잘했습니다."

굳이 물어보지 않아도 제약 회사 간부에게 국정원 요원이라는 신분을 밝혔을 것이다.

당연히 비밀에 부칠 것을 요구하며 함구토록 했을 것이고.

국정원이란 이름은 아직까지도 예전의 명성을 등에 업고 있어 함부로 대항할 수 있는 사람은 몇 명 되지 않을 것이다.

"자, 시간이 그리 많지 않으니 곧 전개될 작전에 대해 말씀드리지요."

"하핫, 많이 궁금해하던 차였습니다."

"작전에 대한 계획이야 다 알고 있는 것이겠지만 시시각각
으로 변하는 현장 상황을 확인해 작전을 수정 보완하는 것은
기본적인 사항이라고 할 수 있습니다. 그 결과 전면 수정이
불가피해져 확정되기까지는 말해 드릴 수가 없었습니다. 먼
저……."

담용의 시선이 김창식에게로 향했다.

"김 요원이 방금 몰고 온 탑차를 맡아 주십시오."

"알겠습니다."

"용도는 이야기하는 도중에 나오니 잘 듣기 바랍니다. 그
리고 구 요원과 최 요원은……."

담용이 조금 전에 보아 두었던 수풀을 가리키며 말했다.

"두 분은 저 수풀 속에서 은신했다가 제가 신호를 보내면
움직이세요. 단, 무장은 반드시 하셔야 합니다."

"알겠습니다."

"그리고 저는……."

말을 잠시 멈춘 담용이 미루나무를 가리키며 말을 이었다.

"저곳에 올라가 있을 겁니다."

"헐! 너무 높은 것 같은데요?"

"올라갈 수나 있겠습니까?"

"다행히 제게 그런 재주가 있습니다. 이제 작전을 설명하

지요. 트럭이 이 앞을 지날 때면, 믿지 않을는지 모르겠습니다. 다만 제가 차를 강제로 세울 것입니다."

"에? 어, 어떻게요?"

"두고 보시면 아니까 일단은 더 묻지 마시고 두고 보시지요."

말해 줘도 의심만 가득할 것이라 머리를 살짝 저은 담용이 말을 이었다.

"일단 차량이 멈추는 이유는 타이어 펑크 때문일 겁니다. 그것도 두 대가 펑크가 나서 멈출 겁니다."

"……!"

저벅저벅.

몇 발자국 걷던 담용이 미루나무를 쳐다보고는 도로의 위치와 거리를 가늠해 보더니 두 지점을 가리켰다.

"자, 여기하고 저기쯤 될 겁니다."

왕복 2차선에 걸친 두 지점에 멈춘다면 양방향의 차량은 통행이 불가능했다.

"가장 우선해야 할 것은 우리 앞을 지나치는 트럭들의 숫자를 세는 일인데, 그것은 최 요원이 맡아 주십시오."

"알겠습니다. 근데 셈을 몇 번째 차량에서 멈춰야 합니까?"

질문을 하는 것으로 보아 담용의 말을 이해한 듯한 최갑식이다.

"차량의 종류를 불문하고 일흔네 대라고 했으니…… 그중
에 야쿠자들의 차량은 현금수송 차량 열한 대와 호위대 차량
세 대입니다. 모두 열네 대지요. 그리고 정 팀장님에게 연락
해야겠지만 야쿠자들의 의심을 사지 않기 위해 사채업자들
의 차량 세 대를 우리가 처리해야 합니다. 고로 전부 열일곱
대가 우리가 처리해야 할 몫이 되는 겁니다."

"아! 그럼 쉰일곱 번째 지나치는 트럭에서 알려 드리면 되
겠군요."

"바로 그겁니다. 그런데 때를 같이해서 김 요원이 탑차를
출발시켜 앞서가는 트럭을 따라가야 합니다."

"같은 일행인 것처럼 말입니까?"

"그렇습니다. 편도 1차선이니 따라간다고 하더라도 탑차
로 인해 후면의 상황을 알 수 없을 겁니다. 설사 안다고 해도
그땐 이미 늦었을 테고요."

"아아, 절묘하군요."

이해가 간다.

이곳은 왕복 2차선의 좁은 도로다.

맨 후미의 차량이 아닌 이상 뒤를 따라오는 차량만 확인하
고 선행 트럭들은 계속해서 내달릴 것은 빤한 일이다.

뒤를 확인할 필요가 없는 김창식은 그저 묵묵히 따라만 가
면 되는 일이었다.

그런데 문제가 있었다.

그렇게 진행되려면 뒤따르던 차량, 즉 쉰여덟 번째 트럭이
멈춰야만 가능했다.

물론 차량 간에 안전거리가 있겠지만 속도가 만만찮은 상
태에서 끼어든다는 것은 결코 쉽지 않았다.

그래서 묻지 않을 수가 없었다.

"담당관님, 쉰여덟 번째 차량을 어떻게 멈출 것이지요?"

"하하핫, 펑크가 나게 할 겁니다."

"에? 퍼, 펑크요?"

"예. 제가 그렇게 되도록 만들 것이니 염려하지 않으셔도
됩니다."

"그세…… 가, 가능하겠습니까?"

"저를 믿으십시오."

"아, 예."

믿으라니 믿을 수밖에.

하지만 도대체 무슨 수로 달리는 트럭을 멈추게 한단 말인
가?

의문이 들었지만 더 물어보기도 뭣해서 화제를 바꿨다.

"하면 저는 어디서 빠집니까?"

"그 부분은 트럭을 따라가면서 통신으로 정 팀장님과 의논
해 결정하십시오."

"알겠습니다."

"이제 남은 사람은 저를 포함해 세 사람인데, 각자 사채업

자의 트럭을 담당합니다. 맨 앞 차량에는 목적지를 잘 아는 구 요원이 탑승하고 두 번째 차량은 최 요원 그리고 세 번째 가 접니다."

"흠, 그래서 트럭 세 대를 우리가 맡겠다고 했군요."

"그렇죠. 상황이 발생하면 이럴 겁니다. 갈 길은 바쁜데 펑크가 나면 앞차와의 거리는 순식간에 벌어지겠지요."

"후훗, 김 요원이 모는 트럭 때문에 변수가 많이 줄어들겠 는데요?"

"그렇지요."

당연한 말이었다.

만약 김창식의 트럭이 뒤따르지 않으면 뒤차에 이상이 생 긴 것을 알아챈 앞차가 멈추든지 아니면 워키토키로 연락을 취할 수 있을 것이다.

그런 상황을 미연에 방지한 것이다.

"그렇다면 뒤쪽의 야쿠자들은 어떻게……?"

"뒤에서 따라오던 야쿠자들도 멈출 수밖에 없지요. 아마 무슨 일인가 하고 확인하러 올 것이 자명하죠."

"하면……?"

"그대로 지켜보면 됩니다."

"예? 놈들이 앞의 차량에 연락하게 되면 김 요원의 일은 소용이 없지 않습니까?"

"놈들은 워키토키를 쓰지 못할 겁니다."

"에에? 그게 무슨……?"

"후후훗, 제가 망가뜨릴 것이기 때문입니다."

무전기 부속품 정도는 염력으로 망가뜨리는 일은 그리 어렵지 않았다.

어차피 말해 봐야 믿기지도 않을 소리라 담용은 더 언급하지 않고 말을 계속했다.

"저쪽에 모퉁이가 보이죠?"

"그런데요?"

"일부러 이 지점을 택한 건 설사 김 요원의 차량이 효과가 없다고 하더라도 모퉁이를 돈 차량이 뒤따르는 차량에 무슨 일이 생겼는지 아는 데는 약간의 시간이 걸리기 때문이죠."

"아!"

김창식이 그제야 이해가 간다는 듯 고개를 방아깨비처럼 주억거렸다.

"저와 두 요원은 지켜보고 있다가 놈들이 예비 타이어로 갈아 끼운 뒤 트럭에 올라타려고 할 때 빠르게 움직여 놈들을 총으로 협박해 같이 타는 거죠."

"아!"

"운전자가 야쿠자라면 목숨을 도외시하고 발악을 할 수도 있겠지만 한국의 조폭들은 겁을 집어먹을 겁니다. 정 말을 듣지 않는다면 허벅지 정도는 관통시켜도 되지 않을까요?"

"하긴 일각이 여삼추니…… 그런 다음에는요?"

"물어볼 것 없이 공원묘지 쪽으로 출발하는 거지요."

"혹시 놈들이 서리교에서 기다릴 경우에는 어떻게 합니까?"

트럭들이 향하는 방향을 꿰고 있기에 하는 말이다.

기실 현금수송 차량들은 이곳 백자로를 타고 가다가 삼거리가 나오면 곧바로 좌회전을 해 서리로를 타게 되어 있었다.

즉, 덕성천을 건너는 다리가 바로 서리교인 것이다.

하지만 공원묘지는 서리교를 건너지 않고 직진하는 코스였다.

"제 생각엔 시간이 지체될 수밖에 없기 때문에 거리는 멀어졌을 겁니다. 다만 혹시라도 놈들이 무전기로 통신을 주고받을 경우에는 빼앗아서 대신 통화하십시오. 자, 여기까집니다. 질문이 있으면 받겠습니다."

"야쿠자들의 차량은 그냥 둡니까?"

"예. 그놈들은 공원묘지에서 처리할 것입니다. 단, 공원묘지에 가서는 나오지 마시고 인질들만 붙잡고 계십시오."

"호, 혼자서 처리하실 겁니까?"

"예. 그냥 구경하시면 됩니다. 최 요원은 질문 없습니까?"

"전 질문은 없는데 변수만큼이나 위험 요소가 너무 많아서 조금 긴장이 되는군요."

가변성에 대한 것을 염려하는 구동진의 말에 담용도 인정하는지 고개를 끄덕였다.

"이해합니다. 하지만 닥쳐 보면 제가 왜 펑크 같은 말을 꺼냈는지 왜 통신을 못 하는지 실지로 보게 될 테니 조금만 참으십시오."

"알겠습니다."

"그럼, 구 요원은 정 팀장님께 우리가 원천 교차로 막 지난 지점에서 대기하다가 작전을 개시하겠다고 전하세요."

"알겠습니다."

"그리고 사채업자들의 트럭 세 대도 포함해서 우리가 처리하겠다고 말씀드리세요. 나중에 숫자를 세다가 헷갈려 할 수도 있으니 말입니다. 시간이 없으니 어서 연락하세요."

"아, 알겠습니다."

"자, 이제 준비하십시오."

"옛!"

"아, 참. 김 요원, 혹시 쓰게 될지도 모르니 여분이 있으면 저도 총을 한 정 주십시오."

"예. 그러지 않아도 필요하실지 몰라 준비했었습니다. 여기……."

김창식이 상의 주머니에 넣어 뒀던 베레타 한 정을 내밀었다.

"소음기가 없습니다."

"상관없습니다."

치이익.

"당소. 지비. 제이, 제이. 긴급 호출이다. 이상."

다급한 마음이었던지 반복해서 상대를 호출하는 김창식이다.

―당소, 제이. 무슨 일인가? 이상.

"당소는 원천 교차로를 지난 300미터 지점에서 작전을 개시하기로 했다. 그러니 갓길에 세워 둔 차를 보더라도 그대로 지나치기 바란다."

―당소, 알았다. 건투를 빈다. 이상. 통신 끝.

"당소 통신 끝."

최갑식이 주차를 시키고 구동진이 통신을 끝낸 것을 본 담용이 마지막 점검을 했다.

"다들 준비됐습니까?"

"그런 것 같습니다."

"흠, 김 요원은 시동은 걸어 놓되 미등은 꺼 놓는 게 좋겠습니다."

"알겠습니다."

"최 요원! 몇 번째 차량이라고 했지요?"

"쉰일곱 번째 차량입니다. 큰 소리로 알려 드리면 되겠군요."

"그렇습니다."

"근데 담당관님, 우린 야쿠자들만 상대하는 게 아니었습니까?"

"하하핫, 의심받지 않고 선도할 차량이 필요해서 그래요."

"아, 예."

잘 이해가 되진 않았지만 최갑식은 일단 시키는 대로 해 보기로 했다.

"한 가지 당부할 것은……."

"예?"

"아, 당부할 게 있는데요. 최 요원이 소리칠 때와 그 이후에 도로에서 무슨 일이 일어나든 놀라지 말라는 겁니다."

"예? 그게 무슨 말씀이신지……? 혹시 펑크 소리 말입니까?"

"그것도 그렇지만 갑작스럽게 돌발 상황이 발생할 수도 있어서 하는 말입니다."

"하하핫, 알겠습니다."

"그리고 이번 일이 끝나면 세 분께 제가 할 말이 있으니 진지하게 의논을 해 보기로 하고요."

"예에…… 그러지요."

"그리고 제가 나무에 올라가는 즉시 잠시 명상에 들어갈 테니, 최 요원은 차량의 불빛이 보이면 깨워 주세요."

"며, 명상요?"

"예. 일을 앞두고 마음을 진정시키는 습관이 있어서요."

"아, 예. 알겠습니다."

"그럼 이따가 뵙죠."

그 말을 끝으로 담용은 뒤돌아서더니 덕성천 둑 사면에 우뚝 서 있는 미루나무로 다가갔다.

이어서 허리에 꽂아 두었던 대검 두 자루를 꺼내더니 미루나무에 차례로 꽂으며 쑥쑥 빠른 속도로 오르기 시작했다.

'헐! 다람쥐가 따로 없구나.'

툭.

"저것 좀 보라구."

내심 놀란 최갑식이 한눈을 팔고 있는 구동진의 옆구리를 치고는 턱짓으로 담용을 가리켰다.

"웅? 뭘?"

"저기 육 담당관 말이야."

"……?"

최갑식의 말에 의문의 표정을 짓던 구동진이 미루나무 쪽을 쳐다보더니 헛바람을 불어 냈다.

"헛! 저럴 수가!"

"나도 웬 다람쥔가 했다. 대단하네."

"대검을 이용해 순수하게 팔 힘으로만 오르고 있어."

"그러니까 대단하지."

"벌써 다 올라갔어."

"팀장님이 웬만해선 상대를 인정하지 않는 사람인데 육 담당관을 대단하게 여기는 이유가 있긴 있었네."

"그래도 나무를 잘 타는 것만으로는 인정받기 어렵지."

"그야 두고 보면 알겠지. 아, 참. 너…… 뭐 짐작 가는 거라도 있어?"

"뭐 짐작?"

"방금 일이 끝나고 우리 세 사람과 의논해 보자는 말을 들었잖아?"

"듣긴 했지. 근데 그게 뭐?"

"귀띔이라도 있었냐고?"

"어, 없었는데?"

"정말?"

"없었다니까 그러네."

"그래?"

"응. 거참…… 그런 말을 왜 했는지 나도 궁금하네."

"이번 작전과 관련된 건 아닐까?"

"풋! 현금수송 차량을 털어서 나눠 주기라도 하겠다는 건가?"

"설마."

"야야. 이제 말 시키지 마라. 트럭이 오는지 봐야 돼."

"야! 아직 시간이 있……."

"흥! 네 눈은 폼으로 달고 다니는 해태 눈깔이냐?"

도로를 가리키는 최갑식의 손가락을 따라가던 구동진의 시야에도 전조등의 빛살이 들어왔다.

빛살의 방향으로 보아 상향 라이트를 켠 채 달려오는 듯했다.

아직 전조등 빛은 보이지는 않았지만 점점 가까워지면서 빛살이 빠르게 강렬해졌다.

"빌어먹을 자식들. 뭐가 저리 빨라?"

"속도가 제법 빠른데?"

"앞에 섰다면 팀장님 차잖아?"

"모르지. 전혀 관계없는 엉뚱한 차량일 수도 있으니까. 모퉁이를 돌 때 야시경으로 확인해 봐."

"알았어."

그러지 않아도 준비를 하고 있던 구동진은 야시경을 들어 눈에 대자마자 강렬한 빛에 팔을 내렸다. 하지만 그 짧은 사이에 치량의 종류가 뭔지는 확인했다.

"승합차인 걸 보니 팀장님 차량 같다."

"이런! 준비하자고."

"저렇게 빨리 달린다면 놈들이 속도를 내기로 했나 보다."

"우리는 준비가 끝났지만 육 담당관님은 어쩌지?"

"그러게. 금방 명상에 들었는데……."

"그래도 깨우자. 잘못되면 큰일이니까."

"알았어. 내가 하지."

구동진이 엄지와 검지를 입에 대더니 힘껏 불었다.

삐익—!

사이킥 드릴

부앙! 휙! 부앙! 휘익! 부앙! 휙! 부앙! 휘익!

"씨불 넘들. 갑자기 똥줄이 탔나? 지방도에서 왜 이리 빨리 달리는 거야?"

경적은 없었지만 요란한 소리를 내며 끊임없이 지나가는 트럭들을 쳐다보고 있던 구동진이 내뱉은 말이다.

그런데 어느새 두 사람은 준비해 온 여성용 스타킹을 뒤집어쓴 우스꽝스러운 모습으로 변해 있었다.

거기에 손아귀엔 베레타 한 정씩을 들고 있는 모습은 영락없는 권총 강도들이었다.

베레타의 총신이 뭉툭한 것으로 보아 소음기가 부착된 듯했다.

그런 와중에도 최갑식은 연신 지나치는 트럭들을 세기에 여념이 없었다.

"서른둘, 서른셋, 서른넷……."

최갑식의 셈을 귓등으로 흘린 구동진이 담용이 은신해 있는 미루나무로 시선을 돌렸다.

달빛에 비친 시커먼 물체이긴 했지만 그것이 사람이라고 여겨 그런지 인형의 모습이 선명했다.

만약 뛰어내린다면 트럭 지붕이 될 위치다.

트럭이라지만 호위대 차량을 제외하고는 거의 냉동탑차라 뛰어내리는 것이 가능하긴 했다.

'과연 어떤 방식으로 펑크를 낼지 궁금하군.'

권총을 지녔다고는 하지만 말하는 투로 봐서는 그런 방식이 아님은 분명했다.

달리는 트럭에 펑크를 낸다?

자못 궁금하지 않을 수 없어 긴장된 마음과 더불어 호기심이 왕성하게 증폭됐다.

"마흔둘, 마흔셋, 마흔넷…… 쉰다섯……."

여기서 한 호흡 멈춘 최갑식이 담용을 올려다보았다.

"담당관님! 두 대 남았습니다!"

쉰여덟 번째와 쉰아홉 번째 트럭이 주 타깃이다 보니 주의를 환기시켜 주는 것이다.

"쉰여섯, 쉰일고옵—!"

최갑식이 목청껏 '쉰일곱'이란 숫자를 길게 내뱉었다.

때를 같이하여 김창식의 냉동탑차가 쉰일곱 번째 트럭이 지나치자마자 '부릉!' 소리를 내며 출발해 곧장 꽁무니에 달라붙었다.

이어 찰나의 시간을 두고 고요한 적막을 깨뜨리는 굉렬한 타이어 펑크음이 연달아 터져 나왔다.

뻐엉ㅡ! 뻥!

마치 팽창할 대로 팽창한 공기압이 더 이상 견디지 못하고 한꺼번에 밖으로 뛰쳐나오는 듯한 타이어 펑크 소리였다.

바로 담용이 염동력으로 사이킥 드릴, 즉 금속마저 뚫을 수 있는 테크닉 파워를 시도한 결과였다.

다시 말하면 염력으로 드릴을 형상화시켜 타이어에 구멍을 내 펑크가 나게 한 것이다.

그것도 사이킥 드릴을 대여섯 개나 발사했으니 타이어가 순식간에 너덜해질 수밖에 없다.

차크라를 마지막 7단계인 무명화까지 피워 낸 터라 그 경지는 시간이 갈수록 높아지고 정련되었다.

고로 그런 만큼 담용도 점점 불가능을 모르는 능력자로 변화되어 가고 있는 중이었다.

어쨌든 펑크와 동시에 전면이 푹 내려앉는 듯한 착각이 드는 48호 트럭이 순간적으로 쿨렁했다.

끼이익! 끼기기긱!

듣기만 해도 소름이 돋는 브레이크음이 연거푸 들려오더니 털털거리는 소음이 이어졌다.

끼이익!

급브레이크를 밟은 탓인지 걸레가 된 타이어 파편들이 사방으로 비산했다.

급기야 쉰여덟 번째 트럭이 산기슭을 향해 비스듬한 상태로 겨우 멈춰 섰다.

한데 그때다.

또다시 '뻥!' 하는 소음과 함께 타이어 파편이 비산하면서 요란한 마찰음이 들려왔다.

끼이익. 끼이이익!

뒤따라 달려오다 느닷없는 타이어 펑크에 깜짝 놀란 쉰아홉 번째 트럭 운전사가 바로 코앞에 다가온 쉰여덟 번째 트럭을 피해 급격하게 방향을 틀었다.

끼익! 쿵! 빠지직!

간발의 차로 비껴 나 반대 차선으로 넘어 달리던 트럭이 마침내 덕성천 변의 가로수를 들이받으며 멈췄다.

쉰여덟 번째 트럭과 충돌하는 대신 가로수를 들이받아 부러뜨려 버린 것이다.

재빠른 판단은 가로수가 부러짐으로써 범퍼만 약간 손상을 입는 것으로 끝났다.

어쨌든 그로 인해 자연히 뒤따라오던 예순 번째 트럭에 이은 야쿠자들의 차량이 줄줄이 급정거하면서 졸지에 도로에는 트럭들이 길게 늘어서는 장면이 연출되었다.

왈칵! 털컥!

"아쉬! 까닥했으면 뽕 갈 뻔했네. 근데 대체 뭐야?"

"니미랄! 갑자기 웬 날벼락이야?"

운전석과 조수석의 문이 동시에 열리면서 사내들의 입에서 대번에 육두문자가 튀어나왔다.

그와 때를 같이하여 반대 차선에 걸린 트럭에서도 사내 두 명이 내렸다.

"아, 씨발. 언 놈이 바닥에 못을 뿌려 놨나? 갑자기 왜 이래?"

"못은 아닌 것 같은디유? 앞차들은 아무 시랑도 안 했잖어유."

"씨파, 그럼 뭐야? 잘 찾아봐."

"양파, 이 씨불 넘아! 지금 그럴 시간이 어디 있어? 빨랑 스페어타이어를 떼서 갈아 끼우지 못해!"

쉰아홉 번째 트럭에서 내린 사내가 버럭 소리를 질렀다.

생긴 게 꼭 망치처럼 몽땅한 체구의 사내다.

"아따, 형님도 참. 화는 왜 내고 그래요?"

"뭐야? 이 씨불 넘이!"

"아, 알았다고요. 지금 하고 있잖아요?"

"저 새끼가 뒈질라고. 누구한테 말대꾸야, 말대꾸가? 죽을

라고……."

눈빛에 물리력이 있었다면 양파라 불린 사내는 갈기갈기 찢어졌을 정도로 험한 눈총을 쏘아 낸 사내가 신경질적으로 소리쳤다.

"야, 막내! 무전기 가져와!"

"옛!"

타다다닥.

"망치 형님, 여기 있습니다."

"씨불, 바쁜 판에 이게 뭐야?"

"행님, 도와 드리까예?"

예순 번째 트럭에서 운전사가 고개를 쭉 내밀고 물었다.

"야! 보리 문뎅! 됐으니까 걍 자리 지키고 있어!"

"알았심더."

"에이, 썅. 씨불 넘들이 바퀴 하나 점검 못 하고 시방 뭔 지랄이여?"

투덜대던 망치가 통신을 하려고 무전기를 켰다.

그런데 어느 스위치를 눌러도 '치익!' 하는 특유의 소음이 나지 않았다.

"얼라? 기분 좋은 소리가 안 나네."

망치는 본래 무전기를 켤 때 나는 '치익' 소리가 마음에 들었던 터였다.

하지만 치익 소리가 났든 말았든 기왕에 켰으니까 이쪽 상황을 전해야 했다.

"아아, 여기 48호차 망치요. 1호차 나와 보소."

망치 나름대로 최대한의 정중한 표현을 했지만 돌아온 것
은 묵묵부답이었다.

"어? 뭐야? 왜 대답이 없어?"

"형님, 다시 한 번 해 보세요."

"막내, 너도 가서 쟤들 도와줘!"

"옙!"

"아! 아! 아! 여기는 망치. 망치. 1호차 나와라. 오바!"

…….

"씨파! 이게 왜 이래?"

탁탁탁.

참으로 고전적인 수리 방식으로 무전기를 몇 번이나 허벅
지에 때린 망치가 다시 한 번 통신을 시도했다.

"아! 아! 1호차 들리나? 여기 망치다. 씨발! 안 들리나?"

…….

"에이, 씨. 이딴 고물딱지 같은 걸 쓰라고 주다니! 확 기
냥!"

망치가 무전기를 내팽개치려다가 가까스로 참을 즈음, 뒤
따라오던 야쿠자들 측에서도 심히 당황하고 있었다.

더욱이 두 차례나 호되게 당한 바 있었던 혼토는 불안한
마음에 승합차의 창문을 열어 주변부터 살피고는 자신에게

걸어오는 야마시타에게 물었다.

"무슨 일이야?"

"오야붕, 저도 아직은…… 곧 애들을 보내 상황을 알아보겠습니다."

"빨리 알아봐."

"옛! 어이! 쇼타!"

"하이!"

"너 조선말 할 줄 알지?"

"조금 합니다."

"그 정도면 충분하니까 빨리 가서 사정을 알아보고 보고해!"

"하이!"

"인마! 자존심 상하게 조선말부터 하지 말고 우리 말로 먼저 물어봐! 못 알아들으면 그때 조선말로 하고."

"하잇!"

"혹시 모르니 총 들고 가!"

"핫!"

대답과 동시에 권총을 꺼내 쥔 쇼타가 줄달음을 치며 달려갔다. 참 별 희한한 것을 가지고 신경전을 벌이는 야마시타다.

"니시 상! 혹시 모르니 주변을 경계해 주시오."

"기습이 아닌 것 같은데 그럴 필요가……."

차량이 멈추는 즉시 기민하게 움직여 주변의 동정을 살펴봤지만 이상 징후를 발견할 수 없었으니 괜히 힘을 빼기 싫은 니시다.

"혼토 오야붕의 지시요."

"아, 알았소."

'제기랄.'

사토 오야붕의 지시가 있었으니 어쩔 수 없다고 여긴 니시가 소리쳤다.

"니오카, 고쿠보! 들었지?"

"알았어, 다들 내려!"

타이어 펑크 소리와 동시에 잠시 요란했었다가 시간이 지난 지금 도로 주변은 다시금 적막을 찾았다.

하지만 자라 보고 놀란 가슴 솥뚜껑 보고도 놀란다는 말처럼 의심이 많은 혼토는 지레 놀라 부하들에게 경계부터 시킨 것이다.

한편 야마시타의 지시를 받은 쇼타는 줄달음을 친 끝에 사고가 난 현장에 도착했다.

쇼타의 눈에 웬 망치같이 생긴 녀석이 휴대폰을 가지고 씨름을 하고 있는 모습이 들어왔다.

그런데 한창 신경질을 부리고 있는 중이라 선뜻 말을 걸기가 뭣해서 잠시 눈치를 봤다.

"아, 시파! 휴대폰도 불통이야. 야! 막내!"

"옛!"

"혹시 이 근처에 군부대가 있냐?"

"군부대요?"

"그래."

"잘 모르겠는데요."

"씨불, 하긴 네 녀석이 아는 걸 내가 모르겠냐? 아냐. 정말…….."

어쨌든 휴대폰을 갈무리하는 망치를 본 쇼타가 이때다 싶었던지 말을 걸었다.

"시쯔레 시마스. 도오시 마시타카?"

"……'?"

일본 말을 알아듣지 못한 망치가 멀뚱한 표정을 지으며 인상을 찌푸렸다.

'씨불, 그 좋은 한국말을 놔두고…… 내가 게다짝 말을 어떻게 알아?'

"야, 막내! 이리 와 봐라."

"옛!"

교체 타이어를 잡아 주다가 다가온 막내를 야쿠자 쪽으로 밀친 망치가 말했다.

"얘가 시방 뭐라고 씨부리는 거냐?"

"물어볼게요. 콘방와."

"아, 콘방와."

"스미마셍, 모우 이찌도 읏떼 구다사이(미안합니다. 다시 한 번 얘기해 주시겠어요)?"

"하! 도오시 마시타카(무슨 일이냐고요)?"

"아아, 저기…… 빵꾸! 빵꾸데스!"

"빵구데스까?"

"소우데스."

"지캉와 도노구라이 카카리마스까?"

"줏푼 구라이 가카리마스."

"료우카이. 간밧테 구다사이."

"아리가또."

막내란 사내가 실실 웃으며 손을 흔들어 주자 야쿠자가 잰 걸음으로 돌아갔다.

"막내야, 절마가 뭐래?"

"무슨 일인지 물어보길래 빵꾸가 나서 그렇다고 했죠."

"그건 나도 알어, 짜샤."

빵구란 말은 한국 사람이면 다 알아듣는 말이니 망치가 비록 무식하다지만 모를 리가 없다.

"글고?"

"시간이 얼마나 걸리느냐고 묻기에 대략 10분 정도 걸린다고 했지요."

"글고?"

"알았다면서 수고하라네요."

"쳇! 모양 빠지게 이게 뭐야? 쪽발이 새끼들한테 쪽이나 팔리고…… 씨파, 휴대폰은 그렇다고 쳐도 무전기는 왜 안 되는 건데? 꼬물 같으니……."

망치는 계속해서 무전을 시도해 보지만 담용의 염력으로 인해 휴대폰까지 먹통이 되어 버린 것을 알 턱이 없었다.

아마 휴대폰이나 무전기를 분해해 보면 부속이 죄다 망가져 있을 것이다.

물론 이들뿐만 아니다.

1호 트럭부터 시작해서 통신수단이란 수단, 즉 무전기와 휴대폰을 죄다 망가뜨려 놨으니 한동안은 서로 통화할 일이 없기는 마찬가지였다.

한데 이들이 때아닌 봉변에 부산해진 틈을 타 미루나무에 은신했던 담용은 귀신도 모르게 내려와 예순 번째 트럭의 운전석에 떡하니 올라타서는 지켜보고 있었다.

그는 어느새 뒤집어썼는지 스타킹으로 얼굴을 가린 채였다.

당연하게도 예순 번째 트럭의 운전사와 조수는 꽁꽁 묶이다 못해 입까지 재갈로 물려 있는 상태였다.

고로 놀란 토끼처럼 눈알만 데굴데굴 굴리고 있는 중이다.

담용이 운전사와 조수를 다루는 것은 식은 죽 먹기보다 쉬웠다.

기본적인 피지컬에도 차이가 났지만 사이킥 피어를 뿜어

내는 것만으로도 상대가 패닉에 빠져드는 것은 금세여서 어린애 손목 비틀기나 마찬가지였다.

'짜식들, 빨리빨리 좀 움직이지.'

마음이 바쁘다 보니 타이어 가지고 낑낑대는 자들이 느려터져 보이기만 했다.

아무튼 그렇게 잠시의 시간이 더 지나고, 그러니까 막내란 자의 말대로 10여 분 정도 흐르자 마침내 타이어 교체가 끝났다.

"망치 형님, 출발하죠."

"씨파, 한 소리 듣겠네. 빨리 타!"

"야야, 늦었다. 빨리 타라!"

망치와 막내 그리고 양파와 그 동료가 잽싸게 탑승했다.

아니, 막 문을 닫으려고 할 때다.

때를 맞춰 산기슭에서 빠르게 다가드는 두 인영이 58호 트럭과 59호 트럭의 문이 막 닫히기 전에 발판을 타고 오르더니 막무가내로 밀치고 들어간 것이다.

담용의 눈에도 그 모습이 적나라하게 들어왔다.

'호오! 빠르네.'

역시나 국정원 요원이란 생각이 들어 안심이 되었다.

하지만 담용도 두 요원이 총을 발사하리라고는 짐작도 하지 못했다.

58호 트럭.

구동진이 조수석의 사내를 우악스럽게 밀치며 잽싸게 올라타고는 문부터 닫았다.

쾅!

"앗! 누, 누구야!"

"헛! 웨, 웬 놈……?"

투둑!

퍽!

"허억!"

밑도 끝도 없이 밀치고 들어온 인영이 다짜고짜 총을 발사하자 양파의 동료는 별안간 허벅지가 화끈해지는 감각에 '뜨헉!' 하고 입을 딱 벌렸다.

이어서 '크아악!' 하고 비명을 지르자 이번엔 권총 손잡이가 머리를 강타해 버렸다.

"컥!"

짤막한 신음과 동시에 사내가 머리를 꺾자, '스윽!' 하고 베레타의 총구가 양파의 정수리에 겨눠졌다.

"꾸물거리면 쏜다. 당장 출발해!"

"으으으……."

난데없고 느닷없는 상황에 맞닥뜨린 양파는 공포로 인해 말도 못 하고 양손을 든 채 얇은 신음만 흘려 냈다.

하지만 이런다고 봐줄 구동진이 아니었다.

"죽고 싶어! 어서 출발해!"

"어어어…… 아, 알았습니다. 초, 총 좀 치워……."

"빨리 시동 안 걸어?"

"거, 거, 걸어요."

끼릭. 끼릭. 끼리릭.

패닉 상태에다가 마음마저 급하다 보니 차 키를 아무리 돌려도 시동이 걸리지 않는다.

한낱 조폭 중간 두목일 뿐이라 진짜 총알이 발사되는 권총을 보고 경악한 나머지 버벅대기만 하는 양파였다.

"이런! 망할 자식. 클러치를 밟아!"

"아아, 예. 예."

끼릭. 부릉. 부르르릉!

"밟아!"

조금 전까지만 해도 건들거리며 망치에게까지 대거리를 해 대던 양파의 안색은 이미 하얗게 탈색되다 못해 파리해졌다.

양파는 차체가 흔들릴 정도로 양손은 물론이고 가속기를 밟고 있는 다리를 줄기차게 떨어 댔다.

'씨불 넘, 엔간히 떨지. 나까지 다 떨리네.'

저러다가 혹시라도 사고를 내지 않을까 하는 마음에 조마조마해지는 구동진이었다.

한편 59호 트럭 역시 최갑식에 의해 완벽하게 장악된 상태였다.

다만 58호 트럭의 상황과 달라진 것은 막내가 아닌 망치가 허벅지에 총을 맞아 운전자가 바뀌었다는 점이다.

망치는 지금 관통되어 피가 꾸역꾸역 흘러나오는 허벅지를 수건으로 꽉 틀어막은 채 끙끙대고 있었다.

얼굴은 창백한 낯빛인 데 반해 이마에는 식은땀이 비 오듯 흐르고 있었다.

"어이, 막내!"

"헛!"

은신하고 있을 때 이미 별명까지 다 듣고 있었던 터라 자신의 별명을 부르는 것에 막내가 식겁한 표정을 지었다.

그렇게 보니 최갑식은 구동신보다 여유가 있었고, 또 우악스럽게 다그치는 구동진보다 조용조용 말하는 최갑식이 조금은 더 다정다감(?)한 면이 있는 듯했다.

"막내!"

"에에, 예?"

"앞차가 출발하잖아? 우리도 가야지."

"아, 예예."

별안간 들이닥친 스타킹 복면 강도로 인해 막내도 패닉 상태에 든 것은 마찬가지여서 손을 사시나무처럼 벌벌 떨어 댔다.

"말만 잘 들으면 네가 이놈처럼 총을 맞을 일은 없다. 그러니 침착하게 해."

"예, 예."

끼릭. 부릉!

최갑식의 말이 효과가 있었는지 차 키를 돌리자 단번에 시동이 걸렸다.

"빨리 따라가!"

"옛!"

꾸우욱. 부아아앙!

최갑식이 탄 59호 트럭이 출발하자, 담용도 60호 트럭을 출발시키며 조용히 뒤를 따랐다.

그러면서 룸 미러로 후미를 쳐다보니 먼저 전조등이 켜지면서 트럭이 발진하는 모습이 들어왔다.

'됐어!'

이제부터는 앞차의 진행 방향을 따라 쫓아올 것임을 믿어 의심치 않았다.

그도 그럴 것이 사물의 식별이 여의치 않은 야밤인 데다 한국의 지리를 잘 모르는 야쿠자들이라 선도하는 차량의 꽁무니만 따라서 올 수밖에 없기 때문이었다.

BINDER
BOOK

탈출도 타이밍이 맞아야

부웅. 부우우웅─!

새벽 1시의 지방도는 새벽 공기를 가르며 질주하는 긴 차량 행렬로 인해 몸살을 앓고 있었다.

차량 행렬을 선도하면서 가장 앞에 나서서 질주하는 선도차, 즉 승합차에는 신사동의 사채업자인 편수익이 타고 있었다.

이렇듯 사채업자들은 각자 자신들이 투자한 자금을 실은 차량들의 선두에서 인솔하고 있는 중이었다.

"뭐? 통신이 안 된다고?"

운전대를 잡은 장강식의 말에 편수익이 버럭 소리를 질렀다.

"예, 회상님. 아무리 해도 불통입니다. 제 무전기에 불이 안 들어오는 걸 보니 고장이거나 아니면 저쪽에서 무전기를 꺼 놓은 것 같습니다."

　"헐, 무전기를 꺼 놓다니!"

　"아마 중대한 일을 놓고 방해를 받고 싶지 않아서가 아니겠습니까?"

　"흠, 휴대폰이라면 모를까, 설마 무전기까지……."

　누군가에게 전화가 걸려오는 것이 방해가 된다는 생각에 휴대폰을 꺼 놓을 수는 있다고 해도 서로 유기적인 연락을 위해서 마련한 무전기까지 꺼 놓지는 않을 것이다.

　"젠장! 휴대폰으로 연락해 봐!"

　"방금 해 봤는데 이상하게도 제 휴대폰 자체가 먹통입니다."

　"뭐야? 휴대폰도 안 된다고?"

　"안 되는 것이 아니라 아예 먹통이라 전화를 할 수가 없다고요."

　"엉? 먹통? 이런! 지금이 어느 땐데 그런……?"

　이런 중차대한 시기에 통신이 안 되다니!

　어이가 없다는 표정을 지은 편수익이 자신의 휴대폰을 꺼냈다.

　"고장이 난 건 아니고?"

　"용인 시내를 빠져나올 때까지 통화하는 걸 보셨지 않습니까? 배터리도 빵빵하게 채웠기 땜에 그새 소모됐을 리도 없고요."

"하면 갑자기 안 된다는 거야?"

"예. 죄송하지만 회장님 휴대폰으로 확인해 보시지요."

장강식의 말에 편수익이 그제야 자신의 휴대폰을 확인했다.

한데 폴더를 열면 액정에 밝은 화면이 나타나야 함에도 깜깜했다.

'응?'

꾹. 꾹. 꾹.

그런데 아무리 전원 버튼을 눌러도 깜깜무소식이다. 멀쩡한 휴대폰인 것이야 편수익 자신이 더 잘 안다.

"이봐! 다들 휴대폰을 켜 봐!"

급기야 현금수송 차량을 보호하기 위해 승합차에 동승한 사내들에게까지 영향이 파급되었다.

잠시 휴대폰을 확인하느라 조용한 소란이 이는 가운데 사내들의 입에서 탄식조의 말투가 튀어나왔다.

"어라! 이, 이게 왜 안 되지?"

"뭐야? 이거 왜 이래?"

"얼라리? 내 것도 안 되네."

"씨러배 자식이 내게 꼬물을 팔았어."

"음마? 나돈데?"

탁탁탁. 툭툭툭.

저마다 휴대폰이 먹통이 된 걸 알고서는 전원을 켜 보려고 별의별 짓을 다 했다.

사내들의 행동을 지켜보던 편수익의 입매가 심하게 일그러졌다.

'이게 대체 무슨……?'

입매가 일그러짐과 동시에 심장이 '쿵!' 하고 내려앉았다.

이러다가 무슨 일이 생기기라도 하면?

문득 그런 생각이 들자 마음이 조급해지기 시작했다. 자연 내심의 생각이 얼굴에 드러날 수밖에 없는 편수익이다.

편수익의 안색이 심상치 않게 변하는 것을 본 장강식도 어리둥절해하기는 매한가지였다.

'헐! 이것도 진기명이란 자가 말했던 기이한 현상인가?'

문득 장강식의 뇌리로 떠오르는 것은 진기명의 경고성 발언이었다.

─장강식 씨, 혹시라도 우리가 작전하는 와중에 상식적으로 이해가 가지 않는 일이 발생하더라도 당황하지 말고 무사히 피신하는 데만 집중하기 바라오. 우리 조직원들이 지닌 무기에는 눈이 달려 있지 않으니 말이오. 다시 한 번 말하지만 당신이 상상도 하지 못할 일이 일어나더라도 그러려니 하란 말이오. 아울러 그게 곧 우리 소행이란 걸 눈치채는 대로

탈출을 하시오.

바로 작금의 상황이 상식을 파괴하는 일이 아니고 뭔가?

하지만 무작정 그 말을 믿기에는 너무도 공교로운 일이다 싶긴 했지만 의심하지는 않았다.

'탈출이라…….'

탈출도 타이밍이 맞아야 가능한데 그 시기가 문제였다.

만약 조금이라도 늦으면 같은 패거리로 인식되어 무차별하게 공격을 받을 것임을 불을 보듯 빤했다.

"회장님, 지금 Y제약 회사를 지나고 있으니 목적지가 멀지 않았습니다. 끽해야 40분 정도면 도착한다고요. 설마하니 그사이에 무슨 일이 있겠습니까? 저 사람들은 야쿠자들이라고요. 우리보다 더 무지막지한 자들이란 말입니다."

"야쿠자들이라고 돌발 사고가 나지 말란 법이라도 있냐?"

그렇게 말은 내뱉었지만 편수익이라고 이런 상황에서 별뾰족한 수가 있을 리 없었다.

걱정만 한다고 해서 해결될 문제가 아닌 것이다.

무엇보다 차창 밖으로 목을 내밀어 뒤를 확인해 본 바로는 아직은 아무런 일이 발생하지 않은 듯했다.

'하긴 야쿠자들을 뒤에 배치한 이유가 유사시를 위한 조치였으니 무슨 일이 생길 수가 없지.'

현금수송 차량을 보호하는 데 필요한 전투력이라면 자신

들보다 야쿠자들의 전력이 훨씬 강하기에 맨 후미에 배치한 것이다.

이유야 명확한 것이, 앞의 행렬이야 휙 지나가면 뒤쪽의 상황을 알 수 없다지만 후미에서 따라온다면 앞의 상황을 파악하고 적절하게 대처를 할 수 있다.

"회장님, 너무 걱정하지 마십시오. 통신이 되지 않더라도 무슨 일이 있다면 혼토 씨가 조치를 하지 않겠습니까?"

그렇긴 했다.

만의 하나 돌발 사고가 발생한다고 해도 촘촘하게 이어지는 차량 행렬이라 서로 금세 알아차리고 조치를 취할 수 있는 구조였기에 조금도 걱정이 되지 않는다.

다만 한 가지, 연락 수단이 무용지물이 됐을 때를 대비한 방책이 전혀 없어 당황이 되는 것이다.

막연한 불안감이 엄습해 오는 듯한 기분에 편수익의 미간이 한껏 좁혀졌다.

'젠장할, 그렇다고 여기서 멈출 수도 없고……'

왕복 2차선, 즉 편도 1차선 도로에 냉동탑차들이 줄줄이 서 있는 모습은 그리 익숙한 장면을 아닐 것이다.

고로 혹시라도 지나가는 차량이 수상하게 여겨 경찰에 신고라도 한다면 그만큼 골치 아픈 일도 없다.

뭐, 과민한 반응일지도 모른다.

이유야, 야쿠자들이라면 한국에서의 사업에 사활이 걸려

있는 오늘이니만치 오죽 준비가 철저하겠느냐는 점이다.

설사 신고가 들어가더라도 무마는 야쿠자 측에서 맡을 것이니 걱정이 되지 않는다.

편수익도 야쿠자들이 정치권에 든든한 동아줄 하나 정도는 걸어 놓고 있음을 눈치채고 있었다.

하지만 그런 배경은 사고가 터진 다음에 벌어지는 뒷북일 뿐이라 찝찝하기만 했다.

'제길, 괜히 현찰을 보자고 했나?'

막상 벌이고 보니 일이 너무 커진 데다 귀찮기만 했다. 확실을 기하고자 한 일은 모두 혼토를 의심한 결과였다.

'저 자식 때문에…….'

의심이 들기 시작한 것은 모두 장강식의 입에서 나온 말에서 기인한 바였다.

문득 의심이 들기 시작한 당시가 떠올랐다.

"회장님, 2,000억이란 돈을 마련해 놓고 회장님께 자신들의 사업에 투자하라고 한 회사가 도해합명회사지요?"

"엉? 네, 네가 그걸 어, 어떻게 알아?"

엄청 당황했던지 편수익은 말까지 더듬거렸다.

왜냐면 단 한 번도 말해 준 적이 없는 내용이기 때문이었다.

그런데 장강식이 어디서 주워들었는지 회사 이름을 정확

하게 거명하고 나온 것이다.

"제가 알고 있는 것이 중요한 것이 아닙니다. 기왕에 말이 나온 것이니 하나 더 묻지요."

"……?"

"도해합명회사가 야쿠자들이 운영하는 회사라는 걸 아시는지요?"

'헛! 아니, 이놈이 그것까지 알아?'

이 역시 단연코 말해 준 적이 없다.

아니, 사채업계의 큰손들이 모임을 가졌을 때도 투자할 것이라는 계획조차 뻥끗한 적이 없다.

물론 더더욱, 혼토 우에하라가 다녀간 일도 비밀에 부쳤다.

그런데 이 무슨 날벼락 같은 정보 노출이란 말인가?

"장 실장, 너…… 그런 사실을 어떻게 알았어?"

"이 계통에서 얻은 정보는 아닙니다. 근데 회장님의 안색을 보니 제 말이 어느 정도 맞는 것 같네요. 그렇지요?"

"끙. 객쩍은 소리 하지 말고 뭘 더 알고 있는지나 말해 봐."

"말 못 할 게 없지요. 혼토 우에하라라는 인물을 알지요?"

"헉!"

장강식의 입에서 거침없이 나오는 이름에 기겁을 하고 놀라는 편수익이다.

'아니, 이 자식이 혼토란 이름을 어떻게……?'

그것도 풀 네임까지 알고 있다.

"회장님, 놀라지 마십시오. 놈들이 투자를 요구하는 것은 대단히 위험한 일이라는 겁니다."

"뭐? 네까짓 놈이 뭘 안다고 위험하니 뭐니 하며 주제넘게 나서고 그래?"

"어? 그러고 보니…… 제가 너무 주제넘은 말을 했군요. 죄송합니다."

사과를 하고 꾸벅 인사까지 하고 돌아서는 장강식을 편수익이 불러 세웠다.

"장 실장, 뭘 더 알고 있는지 말해 봐."

툭!

100만 원 뭉치는 될 법한 돈다발 하나가 책상 위에 던져졌다.

"그 정보 내가 살 테니까."

스윽.

돈다발을 힐끗 쳐다본 장강식이 되밀어 내며 말했다.

"회장님, 전 이런 돈 필요 없습니다."

"뭐야? 왜?"

"그래도 회장님 밑에서 10년을 굴러먹었습니다. 아무리 이 계통이 의리 없는 집단이라지만 적어도 제게는 처자식을 먹여 살려 온 직장이라고요."

'어라? 이놈이 뭔 마음으로 이런 말을……?'

뭔가 냄새가 풀풀 풍기는 것 같았지만 말을 끊지는 않았다.

"없는 정보라도 캐서 그것이 이롭다 싶으면 회장님께 보고해야 하는 것은 당연한 것이며 확실한 정보라 하더라도 거듭 살피고 확인해서 보고를 드리는 게 실장으로서의 할 일이라 여겨 온 제게 정보비라뇨? 지금 저를 해고하는 겁니까?"

"엉? 해, 해고?"

"그럼 뭡니까? 물론 정보를 캐느라 제 사비가 좀 들긴 했습니다만 기껏해야 삼겹살에 소주 몇 병 사 준 것이 답니다."

"흐흠, 그, 그래. 듣고 보니 내가 좀 경솔했던 것 같군. 미안해."

"아, 아닙니다."

"그래도 내가 들어 보고 애썼다 싶으면 사례는 하도록 하지, 그것까지는 거절치 말게. 자, 말해 보게. 뭘 더 알고 있나?"

"지금 현재 혼토, 아니 도해란 회사에 돈이 한 푼도 없다는 것입니다."

"그 말은 좀 믿기 힘들군. 일본은 지금 제로 금리라고. 이 말이 뭘 뜻하는지 알아?"

"그거야 세상이 다 아는 사실 아닙니까? 쪽발이들이 가진 건 돈밖에 없다는 것 말입니다."

"잘 아는군. 만약 자네 말이 맞다면 증명을 해 보게. 그럼 내가 믿도록 하지."

"후후훗, 회장님도 참. 제가 증명할 자신이 있으니까 이런 말을 꺼낸 겁니다. 그렇지 않으면 믿으시겠습니까?"

"그렇지, 못 믿지."

편수익도 무리를 해서 투자해야 하는 프로젝트인 터라 웬만한 유언비어에 팔랑귀가 되어 좌고우면하는 우를 범하고 싶지 않았다.

"증명할 방법은 딱 한 가지 있습니다."

"흠, 뭔가?"

"제가 취합한 정보에 의하면 도해합명회사가 우리나라에 가지고 온 자금을 몽땅 도둑맞았다는 겁니다."

"뭐, 뭐라? 도, 도둑을 맞아?"

"예, 확실합니다."

"이거야 원…… 믿길 말을 해야지."

"상황이야 어찌 됐든 회장님께서는 투자를 하고 싶으신 거지요?"

"그야 두말하면 잔소리지."

국가에서 정식으로 허가를 해 준 금융회사가 설립되면 합법적으로 돈놀이를 할 수 있는데 그걸 마다할 사채업자가 어디 있을까?

모두가 숨어서 암암리에 영업을 하다 보니 하루도 가슴을 졸이지 않은 날이 없었다고 해도 과언은 아니다.

특히나 군정이 시퍼렇던 시절엔 아예 숨도 쉬지 못하고 살 았다.

암흑천지에 환한 출구가 보이는데 당연히 망설이고 있을 편수익이 아니다.

아닌 말로 시세를 아는 자가 준걸인 것이다.

"그렇다면 쪽지에다 달랑 다섯 글자만 써서 보내십시오."

"엉? 그게 뭔 말인가?"

"그럴 것 없이 제가 써 드리지요."

장강식이 볼펜을 집어 들더니 메모지에다가 몇 자 쓱쓱 적 고는 편수익에게 내밀었다.

"보십시오."

"……?"

편수익이 쪽지의 내용을 쳐다보니 말대로 달랑 다섯 글자 였다.

드라공 루팡

어딘가 들어 본 이름에 편수익의 미간이 잔뜩 찌푸려졌다.

'드라공 루팡? 대도 루팡이 아니고?'

실은 아르센 루팡이지만 편수익이 거기까지 알 필요는 없 었다.

바인더북

"이, 이게 뭔가?"

"야쿠자들, 아니 도해합명회사의 자금을 몽땅 털어 간 도둑입니다."

"어디서?"

"어디긴요? 지네들 사무실에서죠."

"뭐? 우리나라에 루팡이란 도둑이 있다고?"

눈을 부릅뜬 편수익의 얼굴에는 못 믿겠다는 불신의 기색이 뚜렷했다.

"어차피 투자가 불안한 건 사실이잖습니까? 그들이 엔화를 위폐로 가져오면요? 아니, 달러를 위폐로 가져오면요? 물론 우리도 감정사가 있겠지만 그 많은 돈을 언제 감정합니까?"

말이야 백번 옳은 말이다.

기실 이 때문에 고민이 많던 중이었다.

"하지만 회장님, 달랑 이 쪽지 한 장만 보내면 모든 게 해결된단 말입니다."

"이걸로 해결이 된다고?"

"그럼요. 아마 제풀에 뜨악할 겁니다."

"흠."

짧은 침음을 내뱉는 편수익도 바보는 아니어서 장강식의 말이 뭘 뜻하는지 모르지 않았다.

이를테면 이렇다.

-너희들 자금 다 털리고 없지? 아니라면 증명을 해 보여라.

　드라공 루팡이란 말 자체가 너희들의 처지를 다 알고 있다는 의미와도 같은 것이다.
　물론 자금이 다 털렸다는 전제하에서다.
　한데 이렇게까지 해서 투자를 해야 하냐고 편수익에게 묻는다면 백번 대답해도 '그렇다.'이다.
　이유가 명백한 것이, 한국인들에게 금융업 허가는 별세계의 일이었으니까.
　하련 일본인은?
　이들은 로비라는 것을 할 줄 알았다.
　더구나 기회가 좋은 것이 한국은 IMF 상황, 일본은 제로금리 시대라는 점이다.
　어째 궁합도 이런 찰떡궁합이 없다.
　IMF 상황인 한국은 외국자본이 못 견디게 그리웠고, 돈이 넘쳐 나다 못해 국민들에게 거저 나눠 줘야만 하는 실정인 일본으로서는 침을 질질 흘릴 만한 시장이 바로 옆에 있는 셈이다.
　그런데 정치인들이 일본 자금을 유입하고 싶어도 걸리는 것이 한두 가지가 아니다.
　이를 모를 리 없는 일본인들이 자국의 정치인들까지 대동

해서 한국 정치인들에게 로비를 해 대며 파고들었다.

급기야 작금에 와서는 그 어떤 기폭제가 필요한 시점, 즉 때가 도래한 것이다.

그래서 덩달아 혼토도 급해졌고 말이다.

생각이 많아졌는지 머뭇거리는 편수익을 보고는 장강식은 내심 '어? 이러면 안 되지.' 하며 입을 열었다.

저러다가 포기라도 하게 되면 말짱 도루묵이니 기름을 끼얹어야 했다.

"회장님, 야쿠자들의 저력이라면 당장은 자금이 없더라도 약간의 시한만 주면 자체 조달을 할 능력은 충분할 겁니다."

"그야……."

그런 문제는 평생을 돈만 만져 온 편수익이 더 잘 알았다.

'흠, 밑져야 본전이니까.'

결정을 했다.

그리고 적어도 장강식이 없는 말을 하지 않았을 테니까.

"퀵 서비스로 보내지."

"옙! 제가 보내겠습니다."

그것으로 편수익의 짧지 않은 회상이 끝났다.

또 그 결과로 인해 지금 여기에 있는 것이다.

'에잉…….'

뭔가 마땅치 않은 편수익이 어둠만이 가득한 창가로 시선을 돌렸다.

때를 같이하여 편수익의 시야에 전봇대가 휙휙 지나가자 퍼뜩 생각나는 것이 있었는지 뇌리로 전구가 팍 들어왔다.

'아! 혹시⋯⋯.'

자신의 짐작이 맞는다면 좀 안심이 될 것이다.

"장 실장, 여기 군부대가 있나? 특히 레이더기지 같은 것 말이다."

"레이더기지요?"

"그래. 인근에 레이더기지가 있다면 휴대폰은 물론 무전기도 통신이 불가능할 수 있지."

"아아! 그렇군요. 하지만 저도 이 지역은 초행이라 잘 알지 못해서⋯⋯ 현장을 답사할 때도 이런 일이 발생하리라고는 생각을 못 했습니다."

"그야⋯⋯."

통신이 안 되는 것을 가지고 나무랄 수는 없었지만 편수익의 찡그린 인상은 쉬이 펴지지가 않았다.

"회장님, 일단 안전하게 도착한 뒤에 기다려 보지요."

"알았으니 운전이나 잘해."

"옛!"

장강식이 대답을 해 놓고는 금세 입을 열었다.

"저⋯⋯ 회장님."

"또 뭐?"

"저기…… 제가 차에서 내려 확인을 해 볼까 싶어서요."

"장 실장이?"

"예."

편수익은 장강식을 새삼스럽다는 눈초리로 잠시 응시했다.

이유는 평소에 이렇듯 적극적으로 나서서 일하는 성격이 아니어서다.

뭐, 한 번쯤은 있었지만 그것으로 뭘 맡기기에는 미덥지가 않았다.

사채업계에서 종사하는 사람들이 대개가 그렇듯 정식으로 석을 두지 않는다는 점이 특징이다.

이는 특별한 기술을 필요로 하지 않는 데다 출퇴근에 구애를 받지 않는다는 점에서 다른 직업을 병행할 수도 있어서였다.

자연 업무를 보는 책상도 없이 거의 밖에서 영업을 하는 업일 수밖에 없다.

고로 직원이 열 명 내외일 수도 있고 많게는 수백 명일 수도 있는 것이다.

월급이라곤 땡전 한 푼 안 나가니 별로 의미 없는 숫자이긴 하지만 말이다.

이들의 영업 대상은 제1금융권과의 거래가 없거나 혹은 신용도가 낮은 사람 그리고 은행의 문턱은 높고 급전이 필요한 사람들이다.

이들을 상대로 중간에서 대출을 알선해 주고 그 수수료로 수입을 창출해 생활을 영위하는 것이다.

다만 장강식처럼 사무장 혹은 실장이라 불리는 정식 직원도 있다.

이는 전주, 즉 사채업자가 직접 나설 수 없는 일을 중간에서 처리해 주는 등의 업무의 편리성을 도모하고 궂은일도 도맡아 하는 직원이 필요해서다.

하지만 사채업이란 것이 그리 애착이 가는 직업이 아니어서 정식 직원이라고 해도 지금 같은 위험천만할 수도 있는 일에 선뜻 나서겠다는 것은 의외의 일이었다.

그래서 편수익이 웬일인가 싶은 마음에 눈초리가 가느스름해진 것이다.

뭐, 회상했던 내용처럼 충성으로 보이는 전작은 있었다.

장강식의 말처럼 미우니 고우니 해도 자신 덕분에 그와 그의 가족들이 먹고살았다고 했으니 이런 일쯤은 나설 법도 하다 싶었다.

당연히 장강식이 오늘의 일을 담용에게 정보를 흘린 제보자라는 것은 편수익이 알 턱이 없었다.

'푸헐! 오래 살고 볼 일이군.'

"어떻게?"

"조금 전에 말씀드린 것처럼 잠시 후면 Y제약이 나옵니다."

"그래서?"

"준호더러 운전하게 하고 저는 Y제약에서 내려 확인을 해 보겠습니다."

"목적지에 다 왔다며? 그럴 필요가 있나?"

"만의 하나라도 일이 생겼을 경우를 생각해야지요. 만약 일이 생겼다면 한시라도 빨리 조치를 취하는 것이 좋지 않겠습니까?"

"흠, 좋아. 차에서 내렸다고 쳐. 지나가는 트럭들을 살핀 다고 해도 넌 어떻게 오려고 그래? 네 얼굴을 모르는 바에야 아무도 태워 주지 않을 텐데."

"교통수단이야 Y제약에서 빌리지요 뭐."

"이 시간에?"

"후후훗, 차량은 몰라도 오토바이 정도는 돈만 몇 푼 쥐여 주면 다 해결되죠. 그 문제는 제가 알아서 해결할 테니 대답 부터 하십시오."

"흠, 자네가 그렇게 적극 나서 준다고 하니 고민할 게 뭐 있나? 애써 주게."

"옙!"

허락이 떨어졌다.

입매를 약간 틀어 비죽 웃은 장강식이 소리쳤다.

"준호야!"

"예, 실장님."

"네가 운전을 맡아야겠다."

"알았심돠."

"당장 준비해."

"그러죠."

준호란 사내의 대답과 동시에 장강식이 마침내 네온 불도 선명한 Y제약의 간판이 보이자 잠시 멈춘다는 신호로 깜빡이를 켰다.

목적지에 도착하기 전에 탈출해야만 하는 장강식이 이곳을 탈출구로 결정한 것이다.

빌릴 오토바이는 도주용으로 쓰일 것이다.

나는 살인마가 아니다

부릉. 부르르릉.

60호차가 출발하자, 멈췄던 야쿠자들의 차량도 서서히 움직여 뒤를 따르기 시작했다.

그러나 뜻하지 않은 사태에 시간을 지체했다가 이제 막 출발하는 차량 행렬을 지켜보고 있던 혼토의 심기는 그리 유쾌하지 않았다.

"제길, 무전기고 휴대폰이고 간에 연락할 수단 하나 없다니. 이게 무슨……"

그야말로 황당한 시추에이션이 아닐 수 없다.

차량이 잠시 지체된 것까지는 그럴 수 있다고 치더라도 무전기나 휴대폰이 전부 먹통이 되어 버린 건 도저히 이해할 수 없는 문제였다.

자신의 휴대폰도 먹통인 상태라 이제는 부하들을 닦달하는 것도 지쳤다.

"마쓰다, 이유가 무엇일 것 같나?"

"오야붕, 추측만 할 수 있을 뿐입니다."

"뭔지 말해 봐."

"옙! 제 추측으로는 이 지역에 흐르는 강력한 전파가 원인이 아닐까 싶습니다."

"흠, 진원지는?"

"그게 감이 안 잡히는 것이…… 그러려면 발전소 같은 곳이어야 할 텐데 이 지역은 그런 게 있을 만한 입지가 아닌 깃 같아서요."

"끄응, 고약하군."

혼토는 가슴 저 밑바닥에 슬며시 불안감이 똬리를 트는 것만 같아 그렇지 않아도 불편했던 심기가 묵직한 돌덩이로 변한 기분이었다.

덩달아 품속을 더듬으며 권총 홀더를 만지작거렸다.

그러다가 문득 무슨 생각을 했는지 '피식!' 하고 실소를 지었다.

'나, 참. 내가 언제부터 이렇게 소심해졌지?'

전성기가 조금 지나긴 했지만 한때는 고베 항의 늑대라 불릴 만큼 자존심도 대단했던 혼토 우에하라다.

어쩌다 좌천되다시피 해서 본토를 떠나오긴 했지만 아직 자신은 죽지 않았다.

기필코 재기해서 이런 냄새나는 조센징의 땅을 떠나 본토로 돌아갈 것이다.

뭔가 결심을 했는지 혼토의 입술이 지그시 깨물렸다.

"흥! 염려와 걱정 따윈 스스로를 믿지 못하는 자에게 해당되는 일! 내겐 어림도 없다."

"오, 오야붕!"

갑작스럽게 튀어나온 중얼거림에 흠칫한 마쓰다가 쳐다보니 불끈 쥔 주먹을 들어 보이며 부르르 떠는 혼토다.

그리고 또다시 내뱉는 말.

"나 혼토는 절대 기가 꺾이지도 물러서지도 않을 것이다. 마쓰다!"

"핫! 오야붕!"

"아무래도 예감이 좋지 않다."

"하면?"

"조짐이 심상치 않으니 모두들 전투준비를 하라고 해야겠다."

"그럼 차를 잠시 멈출까요?"

"그래. 안전이 최고지 않나?"

"다, 당연합죠."

"그래도 앞차와 너무 떨어지면 곤란하니 신속히 전달해서 해결해!"

"알겠습니다! 유타카! 차를 멈추고 앞차에 정지신호를 보내라!"

"하이!"

대답과 동시에 비상 깜빡이등을 켠 유타카가 승합차를 급정거시켰다.

끼이익!

이어서 전조등을 수차례 켰다 껐다 하면서 앞선 차량에 신호를 보냈다.

그러는 사이 마쓰다가 차에서 내리더니 전방과 후방을 오가며 연방 소리를 질러 댔다.

"센토여준비! 센토여준비!"

이를 쳐다보며 모호한 표정을 짓던 니시가 차창을 열고 물었다.

"미쓰다 상, 무슨 일입니까?"

"아! 니시 상, 오야붕께서 예감이 좋지 않다며 전투태세를 갖추라고 해서요."

"흠, 알았소."

스르르르.

대답을 하고 차창을 닫던 니시가 중얼거렸다.

"신발 끈이 풀리기라도 했나?"

신고 있던 신발 끈이 풀리면 좋지 않은 일이 일어날 징조라고 믿는 것은 일본의 수많은 미신 중의 하나다.

한국이야 신발 끈이 풀릴 경우 '누가 내 생각을 하고 있는 것'이라고 여기는 귀여운 발상에 그치지만 일본의 미신은 신봉에 가까웠다.

어쨌든 미신이긴 하지만 의외로 신봉하는 이들이 많은 탓에 니시도 감히 태만하지 못하고 동승한 부하들에게 지시를 내렸다.

"모두 전투준비해!"

"하잇!"

"엉? 왜 멈추지?"

야쿠자들의 차량 바로 앞에서 달리던 담용은 뒤차가 멈추는 것을 보고 급히 브레이크를 밟았다.

이어서 만약을 위해 받아 놓은 최갑식의 전화번호를 찾아 눌렀다.

무전기를 쓰지 않는 이유는 정광수의 팀과 주파수가 동일해 괜히 혼란만 가중시킬 우려가 있어서였다.

-담당관님, 무슨 일입니까?

"구 요원, 놈들이 차를 멈췄으니 잠시 멈추세요."

-어? 그래요? 알겠습니다.

담용의 지시에 급히 차를 멈추는지 브레이크음이 들려왔다. 최갑식은 중간에 끼어 있어 알릴 필요도 없이 멈출 것이다.

　-근데 놈들이 왜 멈췄지요?

　"모르겠소. 잠시 기다려…… 어? 잠시만요."

　사이드미러에 시선을 주던 담용의 눈에 마쓰다의 모습이 들어오고 이어서 곧 연방 고함을 질러 대는 음성도 들려왔다.

　"센토여쥰비! 센토여쥰비-!"

　'엉? 전투준비라니!'

　일본어를 알고 있는 담용이 못 알아들을 리가 없었다.

　스르르르.

　무슨 일인가 싶어 창문을 연 담용의 머리가 밖으로 나왔다.

　마쓰다는 아예 이쪽은 신경도 안 쓰는지 야쿠자들이 탄 차량만 오가며 목청껏 소리를 질러 댔다.

　그런데 기감을 일으켜 펼쳐 보았지만 이상 징후를 발견할 수가 없었다.

　'조바심이 일었나?'

　하기야 이해를 못 할 바도 아니다.

　자신이 무전기와 휴대폰을 죄 망가뜨려 놨으니 불안한 생각이 들지 않으면 그게 더 이상할 것이다.

저렇게 날뛰듯 오가며 고함을 질러 대는 것도 통신이 되지 않는 불안감에서 오는 행태일 것이다.

'시간이 길어지면 곤란한데…….'

하지만 그런 염려는 기우에 불과했다.

야쿠자들도 더 이상 지체돼서는 곤란하다는 것쯤은 알고 있었는지 돌발 행동은 잠깐의 소동으로 끝이 났다.

'끝났나 보군.'

빠아앙-!

아니나 다를까.

덩달아 멈춰 선 까닭에 앞을 가로막고 있는 담용의 차량더러 출발하라는 신호인지 경적을 보내왔다.

담용은 그 즉시 액셀러레이터에 발을 올리고는 지그시 밟았다.

부릉. 부르릉.

'후훗, 이거…… 더 잘된 건가?'

그러고 보니 그랬다.

원래 목적지로 행하는 행로는 이대로 백자로를 타고 가다가 덕성천을 이어 주는 서리교를 건너 서인성로를 타야 했다.

그렇게 되면 후미의 차량이 'ㄱ' 자로 꺾인 선행 차량의 행렬을 한눈에 볼 수 있어 행로를 바로 알 수 있었다.

그런데 이렇듯 주춤대는 사이 물고 가야 할 트럭의 꼬리마저 행방이 묘연하니 야쿠자들의 차량은 선행 차량이 인솔하는 대로 따라올 수밖에 없는 처지가 되었다.

그야말로 불감청 고소원이란 말이 딱 들어맞는 경우다.

이에 담용이 구동진에게 다시 전화를 걸었다.

-예, 담당관님.

"구 요원, 속도를 내십시오."

-알겠습니다.

"그리고 도착하는 대로 관리실을 장악하셔서 신고를 하지 못하게 막으십시오."

-아! 그렇군요. 그건 제가 맡지요.

전화를 끊은 담용이 이번에는 최갑식에게 걸었다.

-옙! 최갑식입니다.

"최 요원, 구 요원이 속도를 내고 있으니 금세 도착할 겁니다. 준비하세요."

-에구, 준비랄 것이 있습니까? 담당관님이 다 처리한다고 하시니…….

"그래도 제가 미처 손을 쓰지 못할 경우를 생각하셔야지요."

-하하핫, 그냥 농담 한마디 해 봤습니다.

"구 요원이 관리실로 가서 조치를 할 것이니 같이 협조하십시오.

-잘 알겠습니다. 저희들 걱정은 하지 마시고 마음껏 실력

을 발휘하십시오, 하하핫.

탁.

폴더를 닫은 담용은 운전하는 그 자세 그대로 유지한 채 차크라의 기운을 운기해 언제든 초능력을 시전할 수 있도록 하는 데 골몰했다.

부아앙-!

산중의 적막을 깨우며 십여 대의 차량 행렬이 공원묘지로 향하고 있었다.

도로는 여전히 협소했지만 조금은 정비된 느낌이 들어 넓어진 듯한 착각이 들었다.

가장 앞서서 달리던 구동진의 눈에 마침내 '서울공원묘원'이라는 표지판이 들어왔다.

화살표까지 그려진 것으로 보아 바로 지척인 듯한 느낌에 곧바로 전화를 걸었다.

-예. 접니다.

"담당관님, 다 왔습니다."

-진입과 동시에 매뉴얼대로 움직이십시오.

"알겠습니다."

무전기가 아니라서 최갑식에게도 연락을 해 줘야 했다.

-다 왔냐?

"응. 근데 너 말이다."

　-뭐?

"육 담당관이야 신경 쓰지 말라고 했지만 어디 우리 마음이 그래?"

　-그야…….

"그러니 내가 관리실로 들어가서 조치를 해 놓고 나올 때까지 네가 좀 지켜보고 있어야겠다. 당최 불안해서 원…….

　-나도 그 생각 했다. 알았으니까 볼일 보고 나와.

"여차하면 모조리 쏴 버려!"

　-허이쿠! 그새 간뎅이가 부었구먼.

"씨파! 잘못돼 봐야 차장님이 막아 주겠지 뭐."

　-알았으니까 끊어!

"그래. 안 그래도 다 왔다."

　탁!

　폴더를 거칠게 닫은 구동진은 때마침 공원묘지의 진입로가 나타나는 것을 보고는 그대로 진입해 들어갔다.

　부아아앙-!

　트럭의 거친 돌진에 인적까지 드문 시각인 지금 으스스한 기운이 더해져 대기가 무겁게 가라앉아 있던 공원묘지의 분위기가 화들짝 깨어났다.

　더불어 희미한 보안등 아래서 조용히 잠자리에 들었던 관리동과 몇몇 부속 시설들의 분위기도 단박에 깨져 버렸다.

구동진의 차량이 깊숙이 들어가는지 한참을 더 진입해 가다가 '끼이익' 하고 요란한 소리를 내며 멈췄다.

연이어 최갑식의 차량과 담용의 차량이 진입하면서 각각 다른 방향으로 코를 들이밀며 멈춰 섰다.

덜컥! 덜컥!

차 문이 열리고 차에서 내려선 세 사람은 재빨리 행동에 들어갔다.

말이 필요 없는 행동들.

구동진과 최갑식은 관리동으로 향했고, 담용은 잠시 그 자리에 서서 뒤를 이어 진입하고 있는 야쿠자들의 차량을 응시하며 심호흡을 했다.

이어서 차크라의 기운을 한껏 끌어 올려 전신에 장막을 덧입혔다.

바로 염동 장막이다.

즉, 사이킥 맨틀이라는 것으로, 파워 슈트를 몸에 걸친 것과 같다고 생각하면 된다.

다시 말해서 전신에 방탄 망토를 걸친 격이니 총알도 뚫지 못하는 방탄복을 입은 셈이 된다.

파팟!

담용의 발이 바닥을 차면서 트럭을 향해 돌진하듯 내달렸다.

    그런데 곧 능청스럽게도 길 한가운데 멈추더니 손까지 흔들어 주차할 방향까지 알려 주면서 수신호를 해 댔다.

    그런데 참 말도 잘 듣는다.

    진입하는 족족 담용의 수신호에 의해 사방으로 흩어지면서 주차를 하고 있지 않은가?

    트럭은 트럭끼리 승합차는 승합차끼리 한데 모이게 하는 그야말로 한 손에 올려놓고 쥐락펴락하는 격이다.

    그 덕분에 승합차까지 포함해 무려 열네 대의 차량이 순식간에 정리가 되었다.

    야쿠자들도 정리를 해 주는 사람 덕택에 일사불란하게 주차를 할 수 있어 편했다.

    거기까지는 참으로 무난했다.

    문제는 목적지에 당도했다고 여긴 야쿠자들이 안도하며 차에서 내리려고 할 때에 발생했다.

    딸깍. 딸깍.

    "어? 이거 왜 이래?"

    "겐지, 빨리 열어. 답답해 죽겠다."

    "아, 안 열려."

    "뭐?"

    "문이 안 열린다고."

    "아, 쒸! 답답하긴. 이리 나와. 내가 열 테니까!"

    떨꺽. 떨꺽. 떨꺽.

"얼라리! 이게 왜 이래?"

"씨파! 미치겠네."

문을 열려고 아무리 문고리를 당기고 애를 써 봐도 꿈쩍도 하지 않는 것이다.

이는 담용이 염동력을 이용해 승합차에 설치된 전자장치를 박살 내 버린 결과였지만 이를 알 턱이 없는 야쿠자들은 용만 쓸 뿐이었다.

"꾸물거린다고 오야붕한테 한 소리 듣겠다. 부수고 나가자!"

"어?"

툭툭툭.

"이, 이봐, 후지타!"

"왜?"

"아, 앞에……."

얼굴이 하얗게 탈색된 겐지가 가리키는 정면 쪽을 본 순간 후지타의 눈이 퉁방울처럼 툭 튀어나왔다.

이어서 입마저 떡 벌어졌다.

이유는 후지타의 시선에 잡힌 장면이, 공원묘지 주차장에 지천으로 널린 괴석을 번쩍 들고 있는 담용의 모습인 때문이었다.

괴석은 부유한 집안에서 묘지를 조성할 때 장식용으로 쓰는 석물이라 그 크기가 엄청났다.

한데 담용이 자신보다 배나 큰 괴석을 든 채 자신들의 승합차를 향해 다가오는 모습이 아닌가?

한마디로 괴물이 따로 없는 모습이다.

자연 기겁을 한 후지타와 겐지의 마음이 다급할 수밖에 없게 되어 버렸다.

"뭐, 뭐야, 저 자식! 왜 이리로 오는 거야?"

"차, 차를, 때려 부술 모양이다!"

"씨파! 뭐 해? 총을 쏴! 쏘란 말이다!"

"니미럴! 늦었어, 피해!"

"아아아악!"

쾅─!

비명이 터짐과 동시에 괴석이 앞 유리창을 박살 내며 틀어박혔다.

"크악!"

"으아악!"

운전석과 조수석에 앉았던 후지타와 겐지의 입에서 단말마의 비명이 터져 나왔다.

보기 흉할 정도로 찌그러진 차체로 인해, 압사는 면했다지만 괴석에 깔린 형국이 되어 부상이 심각할 것으로 여겨졌다.

"흐흐훗, 기어 나오려면 고생 좀 할 거다."

손바닥을 툭툭 터는 담용의 입에서 괴소가 흘러나왔다.

승합차의 특성상 앞 유리창이나 운전석 혹은 조수석의 유리창이 아니라면 협소할 수밖에 없어 사실상 탈출하기는 글렀다고 봐야 했다.

박살이 난 앞 유리창은 괴석이 틀어막고 있었고, 운전석과 조수석의 유리창은 완전히 찌그러져 그 역할을 상실한 채였다.

그런 상태에서 뚫고 나오려면 도끼나 전기톱이 없으면 불가능했다.

즉, 승합차에 갇힌 열 명의 야쿠자들은 그 전투력을 상실했다고 해도 과언은 아니었다.

아울러 잠시이긴 하겠지만 빛이 없는 폐쇄된 압박감이 주는 공포도 맛볼 것이다.

그렇게 야쿠자들을 공원묘지로 유인해 놓고 홀로코스트를 벌일 예정이었던 담용의 춤사위가 마침내 시작된 것이다.

"꿍차!"

근처에 있던 또 하나의 괴석을 번쩍 든 담용이 이번에는 옆에 주차되어 있는 승합차로 향했다.

보안등에 비친 승합차 안은 야쿠자들이 방금 목격한 장면 때문인지 선불 맞은 멧돼지가 따로 없는 모습이다.

지랄 발광하는 모습이지만 승합차에 갇혀 있는 꼴이니 독 안에 든 쥐나 다름없었다.

끼릭. 끼리릭. 끼릭.

야쿠자들이 시동을 걸어 보려고 애를 쓰고는 있지만 이미 그마저 무용지물로 만들어 놓은 상태라 헛힘만 쓰는 꼴이다.

아울러 묘지 쪽을 향해 대가리를 들이밀고 주차된 트럭 역시 전자장치는 물론 시동 장치까지 모두 박살 난 상태라 옴짝달싹도 못했다.

다만 승합차와는 반대편을 보고 있는 관계로 아직 사태 파악을 하지 못하고 있는 실정이었다.

그렇듯 담용의 염동력은 유리 겔라처럼 숟가락이나 휘는 눈요깃감이 아니라 사이킥 파워의 정화인 것이다.

그러나 담용의 지나친 압박은 마침내 최후의 무기인 화약 병기, 즉 권총을 사용하게끔 만들었다.

탕탕탕.

드디어 불을 뿜기 시작한 화약 병기에 전면의 유리창이 사정없이 박살 나더니 야쿠자들의 발길질에 의해 '퍽!' 소리를 내며 바닥에 떨어졌다.

그와 동시에 담용이 들고 있던 괴석이 날았다.

또 한 번 '쾅!' 하는 굉음과 함께 승합차의 전면이 휴지처럼 찌그러지면서 야쿠자들의 비명이 잦아들고 차량은 본래의 형체를 단박에 상실하고 말았다.

한데 몇 발의 총성이 기폭제가 됐던가?

마지막 남은 승합차에서 총성이 연거푸 터져 나오면서 이내 앞 유리창을 박찬 야쿠자들이 몰려나왔다.

그뿐만 아니라 그제야 바깥 상황이 심상치 않다고 여겼는지 트럭에 탑승했던 야쿠자들도 밖으로 뛰쳐나오기 시작했다.

"호오! 어디 한번 놀아 볼까?"

사람을 향해 총기를 함부로 난사하며 삶과 죽음을 한낱 종잇장으로 여기는 놈들이 야쿠자들이다 보니 담용은 용서할 생각이 추호도 없었다.

그렇게 마음을 먹자 조금은 밋밋하던 담용의 태도가 확 달라지면서 활화산처럼 타올랐다

이어 하울링이 터지면서 담용이 야쿠자들을 향해 쇄도해 갔다.

"이야아아아—!"

"바, 발사해!"

담용의 쇄도를 본 혼토가 발악하듯 내뱉었다.

동시에 '탕탕탕!' 하는 총성이 울렸다.

총알의 속도는 대략 초속 800~900미터.

이를 한낱 인간이 피해 내기는 불가능한 일이었다. 더구나 연발성 타격이면 금세 걸레가 될 수밖에 없다.

한데 피해 내는 것은 불가능할지 몰라도 몸빵으로 막는 것이 가능한 인간이 바로 눈앞에 있음을 야쿠자들은 몰랐다.

텅! 텅! 텅!

재빨리 몸을 틀어 비껴 맞았음에도 마치 드럼통에 맞고 튕겨 나는 소음이나 다름없는 소리가 났다.

이는 담용이 사이킥 맨틀(염동 장막)을 전신에 두른 결과였다.

기실 담용도 처음 시도해 보는 능력이었지만 강력한 파워를 지닌 총기라면 몰라도 무명화를 피운 지금 권총 정도는 충분히 견딜 수 있을 것이라고 여겼다.

그렇다곤 해도 충격은 적지 않았다.

그러나 야쿠자들은 그 소리가 담용의 몸통에 정확하게 맞고 튕겨 나는 소음임을 인지하기도 전에 이미 그들 속으로 파고드는 그림자로 인해 비명을 토해 내고 있었다.

미처 놀랄 새도 없는 전격적인 공격에 상대가 총알이 통하지 않는 인간이라는 것을 인식도 하지 못했나.

"퍽!"

주먹으로 앞선 사내의 턱을 쳐올리고는 무릎으로 배를 찍어 버렸다.

"컥!"

억눌린 신음과 동시에 담용의 손날이 미처 대항 자세를 갖추지 못하고 있는 사내의 가슴을 갈랐다.

츄리리릿.

"크으윽!"

손날이 스쳐 간 사내의 앞섶이 마치 예리한 회칼이 지나간 것처럼 쩍 벌어지면서 대번에 자상이 생겨났다.

그 순간, 담용의 신형이 번개처럼 돌면서 이어진 공격은 차돌리기였다.

퍼억!

"끄윽!"

신음은 얕았지만 사내가 네 활개를 펴고 엎어지게 하는 데는 모자람이 없었다.

그렇게 눈 깜빡할 사이에 세 명의 야쿠자가 쓰러지는 것을 본 혼토가 버럭 소리쳤다.

"모두 정신 차려! 놈은 한 놈이다! 거리를 벌려라!"

"흥! 어딜?"

파파파팟.

응축된 근육에 강렬한 탄력을 부여한 다리가 방금 입을 연 혼토를 향했다.

"헛! 마, 막아!"

벼락같이 들이닥치는 담용의 신형을 본 혼토가 부지불식간에 물러나며 권총을 연거푸 발사했다.

발사음, 아니 방아쇠를 당기는 소리를 듣는 순간 몸을 비튼 담용의 옆으로 음속의 총알이 스쳤다.

그토록 짧은 순간임에도 담용은 매캐한 화약 냄새가 코를 찌르는 것을 느꼈다.

그런 찰나, 탄력과 펀치력이 한데 어우러진 담용의 발길질이 엄청난 속도로 혼토의 가슴을 찍어 갔다.

"허억!"

기겁한 혼토가 황급히 자세를 낮추더니 옆으로 굴렀다.

하지만 미처 다 피하지 못한 오른팔에 화끈한 충격이 오는 것은 어쩔 수 없었다.

"크으윽!"

잇새로 흐르는 신음에 이어, 얼굴이 소금을 가마니째로 씹은 듯 심하게 일그러졌다.

촌각도 지나지 않아 경호 책임자인 마쓰다가 혼토의 앞을 가로막는다 싶더니 곧장 기합을 토해 냈다.

"이야압!"

'도?'

일도양단의 자세로 내려쳐 오는 공격에 담용은 달빛을 받은 무기가 일본도임을 알았다.

쐐액!

미리 대비하고 있었던지 그 속도가 쾌속하기 이를 데 없는 데다 상대가 일본도를 휘두르는 데 무척이나 익숙하다는 느낌이 들었다.

그러나 담용은 피하기는커녕 내리쳐 오는 일본도를 향해 왼 주먹을 내밈과 동시에 짤막하게 끊어 내듯 비껴 쳤다.

떵-!

일본도와 주먹의 만남임에도 금속성이 울렸다.

하나 이내 이어진 소음은 두 동강이 난 일본도가 땅에 떨어지는 소리였다.

바인더북

챙그랑!

"엉?"

'챙그랑' 소리와 함께 손아귀가 한결 가벼워진 느낌을 받은 마쓰다가 어리둥절한 표정을 짓기도 전에 절로 얼굴을 일그러뜨리게 하는 강한 충격이 찾아들었다.

퍽!

"커억!"

비명과 더불어 마쓰다의 입에서 핏줄기가 뻗치더니 부러진 이빨 몇 개가 같이 허공으로 날았다.

그러곤 마쓰다의 몸은 서서히 무너져 내렸다.

풀썩.

힘없이 쓰러지는 마쓰다의 뒤로 온몸의 세포와 신경 다발이 일제히 곤두서 있는 듯한 혼토의 모습이 눈에 잡혔다.

여전히 권총을 겨누고 있는 상태라 잠시라도 멈춰서는 안 되는 담용이 가차 없이 몸을 날렸다.

단병접전인 상황이라 야쿠자들도 혼토가 다칠 것을 염려해 함부로 총을 발사하지 못하고 있었다.

이를 모를 리가 없는 담용이 몸을 부지런히 움직여 총을 발사할 틈을 주지 않는 것은 당연했다.

어차피 일련의 일 역시 일수유에 끝난 일이라 야쿠자들이 총을 발사할 새가 없긴 했다.

한데 쌍방의 피지컬의 차이가 너무나 컸던 탓일까?

뻐억!

"칵!"

혼토는 강한 정신력을 발휘해 일전을 불사할 작정으로 격투 자세를 취하긴 했지만 담용의 강력한 발길질에 그만 한 방에 나가떨어지고 말았다.

"끄으으으…… 모, 모오야메테……."

전의를 상실했는지 혼토의 입에서 그만하란 말이 흘러나왔다.

이는 혼토가 약해서가 아니라 담용이 너무 강한 탓이었다.

단 한 방이었지만 의식이 저만치 멀어져 갈 정도로 충격이 컸던 혼토는 정신마저 한세를 벗어나게 만드는 고통에 정신이 다 흐릿해졌다.

얻어맞는 데도 이골이 나고 참는 데도 이골이 난 혼토였지만 뼛골은 물론 영혼까지 저며 내는 듯한 엄청난 고통을 참을 수가 없었던 것이다.

그렇듯 사이킥 파워는 일반의 범주를 뛰어넘는 수준인 것이다.

그리고 담용은 협박과 공갈을 일삼으며 온갖 패악을 저지르는 깡패들이 감히 견줄 만한 상대가 아니었다.

담용은 더 이상 싸우는 것이 무의미하다고 여겼는지 혼토의 항복 선언이 있자마자 재빨리 자신 앞에 세웠다.

이미 절반 이상이 쓰러지긴 했지만 눈앞에 몇 명 남은 인원과 트럭에서 내린 야쿠자들의 숫자가 만만치 않았던 것이다.

다행히 트럭에서 내린 야쿠자들에게는 권총이 쥐여 있지 않았다.

모두들 회칼 혹은 대검 같은 금속 병기를 지니고 있었던 것이다.

그때다.

혼토가 사로잡힌 것을 보고 분기가 탱천했던지 야쿠자 한 명이 회칼을 든 채 갑자기 고함을 지르며 담용에게 달려들었다.

"이노옴! 오야붕을 놓지 못하겠느냐? 이야아아아-!"

투툭!

"컥!"

철퍼덕!

야쿠자는 어디선가 날아온 소음 총에 다리를 맞고는 엎어졌다.

바로 지켜보고 있던 구동진이 쏜 총에 의해서였다.

자연 모두의 시선이 관리동 쪽으로 향했지만 더 이상의 돌발 사태는 일어나지 않았다.

하나 이를 모른 척한 담용이 혼토에게 입을 열었다.

"Hey! Honto, Do you speak English?"

담용은 일본어를 알고 있었지만 일부러 세계 공용어인 영어를 사용했다.

하지만 일면 부드러운 어휘 같지만 손만 대도 얼어 버릴 것 같은 냉랭한 말투다.

부르르르…….

한데 담용의 말투에 몸서리를 치는 혼토다.

아마도 일시적인 정신적 공황으로 온몸의 세포가 올올이 곤두섰을 것이다.

바로 사이코키니시스에 의한 결과다.

즉, 물리적인 힘이나 인위적인 힘을 가하지 않고도 생각이나 마음으로 사물을 움직이고 통제하는 초능력인 것이다.

고로 담용이 원하는 대답을 하지 않고는 배기지 못한다.

"I know…… how to do."

나름대로 공부를 많이 한 인텔리라 영어 정도는 할 줄 아는 혼토가 힘들게 대답했다.

"Good! Tell them to surrender all(항복하라고 해)."

"How do you men, they're going to be?"

'훗! 부하들을 어떻게 할 거냐니? 미친놈.'

"What do you now, are you in a position to demand(네가 지금 그런 걸 따질 입장이냐)?"

잠시 침묵한 담용이 말했다.

"All decided before decided in the sea(전부 바다에 수장해 버리기 전에 결정해)."

바인더북

"I'd like you manage it all right(선처를 바라오)."

"You are my heart that(그건 내 맘이지)."

쿡!

담용이 빨리 말하란 의미로 혼토의 옆구리를 찔렀다.

조금이라도 머뭇거린다면 사이킥 캐넌(cpsychic annon :염동포)
을 발사해 버릴 작정이었다.

그때는 깨알만 한 인정도 버려야 하는 터라 담용도 썩 마
음이 내키지 않았지만 어쩔 수 없다.

"하, 항복한다. 모두 무기를 버려라!"

'운이 좋은 놈들이군.'

정말 전부 바다에 수장해 버리고 싶은 놈들이었지만 담용
은 살인마가 아니었다.

다음 권으로 이어집니다

꿈의 도약, 로크에서 하십시오
(주)로크미디어에서 신인 작가를 모십니다

즐거운 세상, 로크미디어는 꿈을 사랑하고 도전을 두려워하지 않는 작가 분들의 참신한 작품을 기다리고 있습니다. 21세기 장르 문학계를 이끌어 갈 차세대 선두 주자 (주)로크미디어에서 여러분의 나래를 활짝 펴 보시길 바랍니다.

모집 분야 판타지와 무협을 포함한 장르 문학
모집 대상 아마추어 작가, 인터넷 작가
모집 기한 수시 모집

작품 접수 시 유의 사항

1. 파일명은 작가명_작품명.hwp형식을 갖춰 주십시오.
1. 파일에 들어갈 내용은 다음과 같습니다.
    - 성명(필명인 경우 실명을 밝혀 주세요), 연락처, 이메일 주소.
    - 제목, 기획 의도.
    - A4용지 1장 분량의 등장인물 소개.
    - A4용지 2장 분량의 전체 줄거리.
    - 본문.
1. 작품이 인터넷에 연재되고 있다면, 게시판명과 사이트의 구체적이고 정확한 주소를 기재해 주십시오.

선택된 작품은 정식 계약 후 출판물로 간행되어 전국 서점에 유통됩니다.
작가 분은 (주)로크미디어의 전폭적인 지원하에 전속 작가로 활동하시게 됩니다.
※ 자세한 내용은 로크미디어 홈페이지(rokmedia.com)를 참조하세요.

(140 − 133)서울시 용산구 원효로97길 46 진여원빌딩 5층
(주)로크미디어 편집부 신간 기획 담당자 앞
전화 : 02 − 3273 − 5135
www.rokmedia.com   이메일 : rokmedia@empas.com